mtb

Zum Buch:

Grady ist Rancher durch und durch. Die Arbeit auf der Familienfarm ist sein Leben. Seit ausgerechnet sein Bruder Richard ihn um viel Geld betrogen hat, muss er härter arbeiten als je zuvor, um sein Zuhause nicht zu verlieren. Da bleibt nicht viel Zeit für Romantik und Verabredungen. Außerdem fällt es ihm schwer, sich zu öffnen. Dabei kann er sich kaum etwas Schöneres vorstellen, als mit Caroline auszugehen. Also fasst er sich ein Herz und fragt sie nach einem Date. Und dann steht plötzlich Richard wieder vor der Tür und droht alles zu zerstören, was Grady wichtig ist.

Zur Autorin:

Spiegel-Bestsellerautorin Debbie Macomber hat weltweit mehr als 200 Millionen Bücher verkauft. Neben ihrer Arbeit als Autorin führt sie den Wollladen »A Good Yarn«, benannt nach dem gleichnamigen Geschäft aus ihren Romanen, und ein kleines Café in Port Orchard in Washington, wo sie gemeinsam mit ihrem Ehemann lebt und schreibt.

Debbie Macomber

Heart of Texas – Das Land so weit

Roman

Aus dem amerikanischen Englisch
von Dorothea Ghasemi

mtb

Die Originalausgabe erschien 1998 unter dem Titel
Caroline's Child bei Harlequin Books S.A.

1. Auflage: 2022

Deutsche Erstausgabe

Umschlaggestaltung von Zero Werbeagentur, München
Umschlagabbildung von Sergiy Bykhunenko, ms_pics_and_more,
rikkyall/Shutterstock; Westend61/Gettyimages
Gesetzt aus der Stempel Garamond
von GGP Media GmbH, Pößneck
Druck und Bindung von GGP Media GmbH, Pößneck
Printed in Germany
ISBN 978-3-7457-0291-0
www.harpercollins.de

Klimaneutral
Druckprodukt
ClimatePartner.com/15109-2009-1001

MIX
Papier
FSC FSC® C014496

1. Kapitel

Mit festem Griff umklammerte Grady Weston die Briefe in seiner Hand. Er lief im schmalen Flur der Post auf und ab und betrachtete abwesend die Schließfächer, während er seinen Mut zusammennahm. Es kostete ihn einige Überwindung, Caroline Daniels, die Leiterin der Filiale, anzusprechen.

Er bezweifelte, dass er überhaupt ein Wort herausbringen würde. Warum fiel es ihm nur so verdammt schwer, einer Frau zu sagen, dass er sie attraktiv fand?

»Grady?«, hörte er Carolines Stimme.

Überrascht drehte er sich um, doch er konnte sie nicht sehen.

»Öffne dein Postfach«, wies sie ihn an.

Also nahm er den Schlüssel aus der Tasche, zog die kleine rechteckige Tür auf und spähte hinein. Auf der anderen Seite blickten ihm Carolines braune Augen entgegen, ihre Stupsnase und ihr süßer Mund.

Doch mehr als ein schroffes »Hallo« brachte er nicht über die Lippen.

»Hallo.«

Sie hatte wunderschöne Augen, die ihn an die eines Kälbchens erinnerten. Allerdings wollte eine Frau das sicher nicht hören, selbst wenn er es für ein großes Kompliment hielt. Das ist das Problem, dachte er. Er wusste nicht, wie man sich mit einer Frau unterhielt. Sein letztes Date war über sechs Jahre her.

»Kann ich dir helfen?«, fragte Caroline.

Er wollte sie zum Essen einladen, schaffte es aber nicht. Vielleicht lag es daran, dass sie bisher nie länger freundlich miteinander gesprochen hatten. Meistens waren sie verschiedener Meinung und stritten – falls sie überhaupt ein Wort wechselten. Einmal hatten sie miteinander getanzt. Das war schön gewesen, doch er hatte sich erst entspannen können, als er nicht mehr befürchtete, dass er ihr auf die Füße trat.

Wem machte er etwas vor? Sie in den Armen zu halten war nicht nur schön gewesen, sondern großartig. Seitdem musste er ständig daran denken. Wenn er abends im Bett lag und die Augen schloss, konnte er sie beinahe wieder spüren und ihren Duft wahrnehmen. Da sie ihn zum Tanzen aufgefordert hatte, hoffte er, dass sie auch etwas für ihn übrighatte.

»Hast du schon mittaggegessen?«, erkundigte er sich schroff, obwohl er nicht unfreundlich klingen wollte. Sein rauer Ton hatte ihm viele Probleme mit Maggie, Carolines fünfjähriger Tochter, eingebracht. Seit Monaten versuchte er nun schon, die Sympathie des kleinen Mädchens zu gewinnen, allerdings mit wenig Erfolg. Doch er gab nicht auf und hoffte, dass Caroline und Maggie es zu schätzen wussten.

Caroline lächelte strahlend. »Mittag? Noch nicht, und ich sterbe vor Hunger.«

Sofort fasste er wieder Mut. »Na ja, dann … Ich habe auch noch nicht gegessen. Hast du Lust, mich zu begleiten?«

»Gern. Aber wie darf ich das verstehen – ist das ein Date?«

»Nein«, erwiderte er, ohne nachzudenken. Er hatte seine Gefühle für sie so lange verleugnet, dass ihm die Antwort ganz automatisch über die Lippen kam. Außerdem befürchtete er, dass Caroline ihn falsch verstehen könnte. Er fühlte sich zwar zu ihr hingezogen und wollte sie besser kennenlernen, aber er hatte keine Ahnung, wie es dann weitergehen sollte. Was er über Liebe und Ehe wusste, hätte in eine kleine Spalte in der *Promise Gazette* gepasst.

Ihr Lächeln wirkte nicht mehr ganz so glücklich. »Wir treffen uns in ein paar Minuten draußen«, sagte sie und verschwand aus seinem Blickfeld.

Grady klappte das Schließfach zu. Wie konnte ein Mann wie er, der eine florierende Ranch im texanischen Hügelland führte, sich Frauen gegenüber so dämlich anstellen?

Er hieb mit der Faust gegen das Schließfach. »Caroline!« Hastig öffnete er die kleine Tür wieder. »Caroline!«

Ihr Gesicht tauchte auf der anderen Seite auf. »Was hast du denn? Ich habe doch gesagt, dass ich gleich komme.«

»Das hier ist ein Date, okay?«

Starr blickte sie ihn an.

»Okay?«, wiederholte er. »Es ist ein Date.«

Sie schwieg. »Ich hätte dich nicht fragen sollen«, sagte sie schließlich.

»Ich bin froh, dass du es getan hast.« Es war die perfekte Gelegenheit, endlich die Karten auf den Tisch zu legen. Hätte er lediglich Gesellschaft haben wollen, hätte er seine Schwester Savannah, ihren Mann oder Cal Patterson fragen können. Aber er hatte Caroline gefragt, weil er mit ihr zusammen sein wollte. Er wollte sich in Ruhe mit ihr unterhalten, ohne dass seine Schwester sich einmischte und ihm irgendwelche Ratschläge gab oder Maggie dabei war. Heute Nachmittag würde er endlich mit Caroline allein sein.

Grady nahm seinen Stetson ab, als sie wenige Minuten später zu ihm kam.

»Das ist ja eine nette Überraschung«, sagte sie.

»Ich war sowieso in der Stadt.« Dass er seinen ganzen Tagesablauf darauf abgestimmt hatte, verschwieg er lieber. »Wo möchtest du hingehen?«

Es gab drei gute Restaurants in Promise: das Café im Bowlingcenter, das Chili Pepper, ein Grillrestaurant, und das mexikanische Restaurant der Familie Chavez.

»Wie wär's mit dem Mexican Lindo?«, schlug Caroline vor.

Das hätte er auch ausgesucht. »Ja, gern.«

Da das Restaurant in der Fourth Avenue und damit in der Nähe der Post lag, gingen sie zu Fuß und plauderten auf dem Weg. Oder vielmehr plauderte Caroline, während er einsilbig antwortete.

Ihm war schon lange klar, dass Small Talk nicht zu seinen Stärken zählte – im Gegensatz zu seinem Bruder Richard, der mit seinem Charme jeden um den Finger wickeln konnte.

Daher war Grady sehr erleichtert, als sie das Restaurant betraten.

Kurz nachdem die Kellnerin sie zu einem Tisch geführt hatte, brachte sie ihnen zwei Gläser Wasser und eine Schale Tortillachips mit extra scharfer Salsasoße. Grady griff sofort zu. Erst nach einem Moment fiel ihm auf, dass Caroline nichts aß.

Er hörte auf zu kauen und sah sie fragend an.

»Ich esse keine Tortillachips«, erklärte sie. »Ich werde davon sofort satt.«

Er schluckte und nickte. »Oh.«

Dann schwiegen sie eine Weile, und er überlegte, ob Caroline ihm damit zu verstehen geben wollte, dass sie auf ihr Gewicht achtete. Vielleicht erwartete sie, dass er ihr versicherte, sie solle sich darüber keine Gedanken machen, weil sie toll aussah. Das tat sie nämlich. Sie war schlank, und ihr glattes dunkelbraunes Haar fiel offen auf ihre Schultern. In seinen Augen war sie perfekt.

Irgendwann würde er ihr das auch sagen, aber jetzt wäre es zu früh. Außerdem wollte er nicht den Eindruck vermitteln, dass er sich nur für ihr Aussehen interessierte. Er bewunderte vieles an ihr, vor allem, dass sie Maggie ganz allein großzog. Genau wie er wusste sie, was es bedeutete, Verantwortung zu tragen und Opfer zu bringen.

Da sie ihn erwartungsvoll ansah, erklärte er: »Ich hätte dich auch zum Essen eingeladen, wenn du dick wärst.«

Verwirrt zog sie die Stirn kraus.

»Das sollte ein Kompliment sein«, fügte er schnell hinzu, doch dann wurde ihm klar, dass er besser den Mund hielt. Zum Glück kam in diesem Moment die Kellnerin zurück, um ihre Bestellung aufzunehmen. Er entschied sich für Enchiladas, und Caroline schloss sich ihm an.

»Das ist wirklich sehr nett«, sagte sie und trank einen Schluck.

»Ich wollte gern mit dir allein sein.«

»Gibt es dafür einen bestimmten Grund?«

Er lehnte sich zurück und sah ihr in die Augen. »Ich mag dich, Caroline.«

»Ich mag dich auch«, erwiderte Caroline und senkte dabei den Blick.

»Wirklich?« Ihm wurde ganz leicht ums Herz, und er fühlte sich regelrecht euphorisch.

»Wir kennen uns schon so viele Jahre.«

»Ich kenne dich fast mein ganzes Leben lang.« Noch während er die Worte aussprach, wurde ihm bewusst, dass er sie eigentlich gar nicht richtig kannte. Er wusste ja nicht einmal, wer Maggies Vater war. Offenbar hatte das bisher jedoch niemand in Promise erfahren. Er fragte sich, warum Caroline diesen Mann nicht geheiratet hatte und warum dieser sie damals hatte sitzen lassen. Seit der

Geburt ihrer Tochter hatte sie sich völlig verändert. Vielleicht würde sie sich ihm eines Tages anvertrauen, und er hoffte, dass er sich dann richtig verhielt.

Kurz darauf brachte die Kellnerin das Essen, und als er Caroline eine halbe Stunde später zur Post zurückbegleitete, war er so glücklich wie lange nicht mehr.

»Ich rufe dich morgen an«, erklärte er und betrachtete sie eingehend. »Wenn du willst.«

»Klar.« Sie klang neutral.

»Ich würde gern mal wieder mit Maggie sprechen, wenn sie nichts dagegen hat.«

»Du kannst es heute Nachmittag versuchen. Sie ist bei Savannah.«

Er hatte das Haus am Morgen früh verlassen und beim Frühstück nur wenige Worte mit seiner Schwester gewechselt – kein Wunder also, dass er davon nichts wusste.

»Dann werde ich ihr Hallo sagen.« Sein Herz klopfte schneller, als ihm klar wurde, dass er Caroline noch einmal sehen würde, wenn sie Maggie abholte.

Nachdem sie sich voneinander verabschiedet hatten, ging er pfeifend zu seinem Pick-up. Der Nachmittag war besser gelaufen, als er erwartet hatte.

Gerade als er die Fahrertür öffnen wollte, hörte er Max Jordans Stimme: »Hast du einen Augenblick Zeit, Grady?«

Er drehte sich um und sah, wie Max auf ihn zueilte. Ihm gehörte Jordan's Town and Country, ein Laden für Westernbekleidung.

»Tag, Max.« Grady schenkte ihm ein strahlendes Lächeln. »Was kann ich für dich tun?«

Max wirkte ziemlich unbehaglich. »Es ist mir wirklich unangenehm, es dir wieder sagen zu müssen, aber Richard hat die Sachen, die er im April bei mir gekauft hat, immer noch nicht bezahlt.«

Seine Hochstimmung verflog schlagartig. »Ich dachte, Richard hätte dir einen Scheck geschickt.«

»Das hat er mir auch erzählt, aber es ist jetzt über zwei Wochen her, und ich habe immer noch keinen Scheck erhalten. Ich möchte nicht noch länger warten.«

»Ist gut, ich werde mit ihm reden«, versprach Grady.

»Glaub mir, ich ziehe dich da nur ungern mit rein«, erklärte Max mit bebender Stimme.

»Mach dir darüber keine Gedanken, Max. Das verstehe ich.«

Der ältere Mann nickte und wandte sich ab.

Grady stieg in den Wagen und umklammerte wütend das Lenkrad. Es sah Richard ganz ähnlich, mal wieder zu lügen, zu betrügen und zu stehlen!

Doch diese Sache hatte Grady selbst zu verschulden. Er hatte seinem kleinen Bruder schließlich erlaubt, auf der Yellow Rose Ranch zu bleiben. Er hatte ihm erlaubt, den Ruf der Familie zu gefährden. Denn er hatte geglaubt, ja, gehofft, Richard hätte sich während seiner Abwesenheit geändert.

Nun gab er sich keinen Illusionen mehr hin. Richard hatte alles darangesetzt, ihn zu ruinieren, und es beinah geschafft. Sein eigenes Leben hatte er auf jeden Fall zerstört.

Da er charmant und sympathisch war und gute Führungsqualitäten besaß, hätte er viel erreichen können. Stattdessen setzte er sein Charisma ein, um andere zu hintergehen. Allerdings war Richard offenbar nicht klar, dass er dabei auch sich selbst betrog.

Vor sechs Jahren hatte er Gradys Unterschrift gefälscht und war mit dem Geld durchgebrannt, das ihre Eltern ihnen hinterlassen hatten. Der Betrag hätte gereicht, um die Erbschaftssteuern und die Beerdigung zu bezahlen. Doch durch Richards Verrat hatten Savannah und Grady vor dem finanziellen Ruin gestanden, während sie den tragischen Tod ihrer Eltern verkraften mussten. Sechs lange, harte Jahre hatte es ihn gekostet, die Ranch wieder in die schwarzen Zahlen zu bringen.

Nachdem Richard das Geld durchgebracht hatte, war er ohne einen Cent in der Tasche zurückgekehrt und hatte behauptet, er bräuchte eine Bleibe, bis der Scheck über seine Abfindung eintreffen würde.

Grady hatte ihm glauben wollen, und Savannah hatte ihn schließlich überredet, ihren kleinen Bruder bei ihnen wohnen zu lassen. Leider hatte sich einmal mehr herausgestellt, dass Richard sich nicht verändert hatte.

Trotz der Klimaanlage herrschte eine drückende Hitze im Auto, die Grady müde machte. Es ist das letzte Mal, dass Richard mich belogen hat, schwor er sich.

Oh ja, dies war der sprichwörtliche Tropfen, der das Fass zum Überlaufen brachte.

***

Richard Weston saß auf seinem Bett in der Blockhütte, in der normalerweise die Aushilfsarbeiter der Ranch untergebracht wurden. Er dachte daran, dass seine Tage in Promise gezählt waren. Es würde nicht mehr lange dauern, bis Grady die Wahrheit erfahren würde. Eigentlich überraschte es ihn, dass er es so lange hatte hinauszögern können. Aber in einer Kleinstadt waren die Leute nun einmal besonders leichtgläubig. Sie hatten seine Lügen hingenommen, weil sie ihm glauben wollten, und daher war es ihm auch nicht besonders schwergefallen, sie zum Narren zu halten. Fast hätte er laut gelacht, als er daran dachte, wie glatt alles gelaufen war.

Trotzdem hatte er kein gutes Gefühl dabei, derart hohe Schulden zu hinterlassen. Max Jordan war ein anständiger Mann, wenngleich ein alter Narr. Und Billy, dem die Kneipe Billy D's gehörte, war ebenfalls in Ordnung. Wenn Richard irgendwann mal Geld übrig hatte, würde er seine Schulden bei ihnen vielleicht begleichen, ebenso die bei Grady und Savannah.

Womöglich wäre alles gut gegangen, wenn Elaine Frasier ihn geheiratet hätte. Doch offenbar kam er nicht mehr so gut bei den Frauen an wie früher. Als Elaine ihm mitgeteilt hatte, sie habe sich für Glen Patterson entschieden, hatte ihn das wirklich schockiert.

Genau wie Grady war Glen ein echter Hinterwäldler. Daher war es ihm unbegreiflich, dass sie ausgerechnet ihn heiraten wollte. Nun ja, er hatte Frauen schon immer für launisch gehalten, aber bisher war es ihm meist gelungen, sie umzustimmen.

Bei Elaine hatte er allerdings keinen Erfolg gehabt – leider, denn mit ihrem Erbe hätte er seine Probleme vielleicht in den Griff bekommen. Es nützte jedoch nichts, sich zu fragen, was gewesen wäre, wenn. Er war ein Überlebenskünstler, und das würde er erneut unter Beweis stellen.

Ihm blieben nur noch wenige Tage, bis alles auffliegen würde. Grady dachte offenbar, dass er seine Zeit vertrödelte, aber Richard hatte hart gearbeitet und die nötigen Vorkehrungen getroffen. Schon kurz nach seiner Rückkehr auf die Ranch hatte er begonnen, alles für diesen Tag zu planen.

Natürlich tat es ihm auch leid, Promise zu verlassen. Im Laufe der Jahre hatte er öfter mit dem Gedanken gespielt, hierher zurückzukehren, jedoch aus anderen Gründen.

Als er auf der Ranch eingetroffen war, hatte er beim Anblick des Hauses einen Anflug von Sentimentalität verspürt. Dieses Gefühl war jedoch längst verflogen, zumal Grady ihn aus dem Haus geworfen und ihn gezwungen hatte, in der Blockhütte zu wohnen.

Er konnte beim besten Willen nicht verstehen, warum sein Vater und jetzt Grady sich der Ranch verschrieben hatten. Er hasste Rinder, und das Leben auf einer Ranch war noch nie sein Fall gewesen. Nur leider merkte das niemand. Nicht einmal seiner Mutter war es richtig bewusst gewesen – genauso wenig wie Savannah. Seine Schwester ergriff ohnehin viel seltener für ihn Partei, seit sie mit Laredo verheiratet war.

So traurig es war, seine Zeit auf der Yellow Rose Ranch neigte sich dem Ende zu.

»Richard?«

Maggie Daniels spähte in die Blockhütte. In letzter Zeit ging sie ihm ziemlich auf die Nerven, aber er war bei Kindern schon immer sehr beliebt gewesen.

»Tag, Kleine«, sagte er gespielt fröhlich. »Was machst du?«

»Nichts. Möchtest du Karten spielen?«

»Jetzt kann ich nicht. Später vielleicht.« Er lehnte sich gegen die Wand und verschränkte die Hände hinter dem Kopf.

»Das hast du letztes Mal auch gesagt.« Sie zog einen Schmollmund.

Kinder sind wie Frauen, dachte er. *Wenn sie ihren Willen nicht bekommen, sind sie beleidigt.*

»Wo ist Savannah?«, fragte er, um sie abzulenken.

»In ihrem Garten.«

»Wollte sie heute Nachmittag nicht Kekse backen?« Das stimmte zwar nicht, aber irgendwie musste er Maggie loswerden.

»Wirklich?«, erwiderte sie aufgeregt.

»Das hat sie selbst gesagt. Frag sie doch. Du kannst mir auch welche bringen.«

Ihre Augen strahlten vor Freude, und er lachte. Es gefiel ihm, dass Maggie ihn lieber mochte als Grady. Sein großer Bruder konnte überhaupt nicht mit Kindern umgehen. Es war komisch, zu beobachten, wie Grady krampfhaft versuchte, sich mit Maggie anzufreunden. Die Kleine wollte absolut nichts mit ihm zu tun haben.

»Na gut, ich komme mit«, erklärte Richard. »Wir fragen Savannah mal nach den Keksen.«

»Aber sie ist doch in ihrem Rosengarten beschäftigt.«

»Für uns hat sie Zeit«, versicherte er. Seine Schwester konnte Maggie schließlich nie etwas abschlagen.

Aus irgendeinem Grund wollte er unbedingt einen Keks. Und er wollte ihn jetzt. Er wusste nicht genau, warum – vielleicht, um Savannah auf die Probe zu stellen. Schließlich bekam er immer, was er wollte. Und wann immer er es wollte.

»Du steckst voller Überraschungen, Grady Weston«, murmelte Caroline, während sie die Landstraße entlang zur Yellow Rose Ranch fuhr. Obwohl sie sehr beschäftigt gewesen war, hatte der Nachmittag sich endlos hingezogen. Sie hatte die Stunden und schließlich die Minuten bis zum Feierabend gezählt. Bis sie Grady wiedersehen würde …

Seine Einladung zum Essen hatte sie überrascht, denn sie hatte die Hoffnung auf ein Date mit ihm schon fast aufgegeben. In den vergangenen sechs Monaten hatte sie ihm deutlich zu verstehen gegeben, dass sie an ihm interessiert war, doch in dieser Hinsicht war er völlig blind. Allerdings war sie auch nicht viel besser, denn sie hatte erst nach Jahren den Mut aufgebracht, der Liebe noch eine Chance zu geben.

Sie war gelegentlich mit Männern ausgegangen, hatte aber niemanden kennengelernt, zu dem sie sich so hingezogen fühlte wie zu Grady und für den sie gleichzeitig so viel Achtung empfand. Aber sie bezweifelte, dass er sich über seine Gefühle im Klaren war, geschweige denn über ihre. Zweimal hatte sie bisher beschlossen, ihn zu vergessen, und beide Male hatte er ihr wieder Hoffnungen gemacht – so auch heute, mit seiner überraschenden Einladung.

Caroline trat aufs Gas. Sie hoffte, dass es ein Anfang war. Sie wünschte sich eine Beziehung mit Grady. Er war ehrlich, loyal und fleißig, und sie bewunderte ihn dafür, dass er sich so für die Ranch einsetzte.

Savannah und sie hatten einander schon immer nahegestanden, aber noch nie so sehr wie jetzt. Im vergangenen Jahr war ihre Mutter gestorben, und Savannah hatte ihr zur Seite gestanden und mit ihr getrauert. In der Zeit hatte auch Maggie eine sehr enge Beziehung zu ihrer Freundin aufgebaut. Ihre Tochter liebte Savannah ebenso sehr, wie Caroline es tat, und darüber war sie sehr froh.

Für Grady hatte Maggie jedoch nicht annähernd so viel übrig. Caroline seufzte, als sie daran dachte. Ihre Kleine hatte sich von Anfang an ein wenig vor ihm gefürchtet. Dann hatte Grady sie eines Tages am Telefon schroff angefahren, ohne zu wissen, wer da mit ihm sprach. Seitdem wollte Maggie nichts mehr mit ihm zu tun haben, obwohl er versucht hatte, es wiedergutzumachen.

Dieses Problem machte Caroline zu schaffen. Denn falls Grady und sie wirklich ein Paar wurden, mussten die beiden miteinander auskommen.

Sie nahm den Fuß vom Gas, als sie in die unbefestigte Auffahrt einbog, die zur Yellow Rose Ranch führte. Kurz darauf kam das große zweistöckige Wohnhaus in Sicht. Rocket, Gradys alter Hund, tapste auf wackeligen Beinen und mit wedelnder Rute die Verandatreppe herunter, um sie zu begrüßen.

Savannah stand am Round Pen und beobachtete Laredo, der darin mit ihrem preisgekrönten Zuchthengst arbeitete. Maggie saß neben ihr auf dem Zaun. Als sie den Wagen hörte, sprang sie vom Gatter herunter und lief auf sie zu.

Kaum war Caroline ausgestiegen, warf Maggie sich ihr in die Arme. »Savannah und ich haben Kekse gebacken!«, rief sie fröhlich. »Und Richard hat gesagt, dass er noch nie so leckere Kekse gegessen hat. Er hat fünf Stück gegessen!« Sie schlug sich die Hände vor den Mund, als hätte sie ein Geheimnis ausgeplaudert.

»Und wie viele hast du gegessen?«, fragte Caroline.

»Zu viele«, erwiderte Savannah an Maggies Stelle und lächelte entschuldigend.

»Dann essen wir heute eben später. Ich war heute Mittag im Restaurant, das hält noch eine Weile vor.« Sie wollte ihrer Freundin gerade von Gradys Einladung erzählen, als er höchstpersönlich aus dem Stall stürmte.

»Hast du Richard gesehen?«, rief er mit wutverzerrter Miene. »Er muss hier irgendwo sein.«

Sofort schmiegte Maggie sich an Caroline.

»Grady«, sagte Savannah besänftigend.

Falls er Caroline sah, ließ er es sich jedenfalls nicht anmerken.

»Hat jemand nach mir gerufen?« Lässig kam Richard aus dem Haus geschlendert. Er war ein attraktiver Mann, schlank und muskulös, vermutlich der attraktivste Mann, der ihr je begegnet war. Doch sie hatte selbst miterlebt, wie er andere manipulierte, sogar Grady und Savannah. Es erstaunte sie, dass Grady ihm erlaubt hatte, auf der Ranch zu bleiben, aber sie verstand es auch. Genauso wie Savannah wollte Grady glauben, dass Richard sich geändert hatte.

Unvermittelt drehte Grady sich um. »Wir müssen miteinander reden. Max Jordan hat gesagt, er hätte immer noch kein Geld von dir bekommen.«

Ein schockierter Ausdruck huschte über Richards Gesicht. »Du machst Witze! Er hat den Scheck nicht bekommen? Ich habe ihn vor zwei Wochen abgeschickt.«

»Er hat ihn nicht erhalten, weil du ihn nicht abgeschickt hast.«

»Was soll das heißen?«

»Grady, bitte.« Savannah eilte zu ihm und legte ihm die Hand auf den Arm. »Jetzt ist nicht der richtige Zeitpunkt, um darüber zu reden.«

»Sie hat recht«, meinte Richard. »Wir sind nicht allein, falls du es nicht bemerkt haben solltest.«

Offensichtlich merkte Grady es tatsächlich erst in diesem Moment. »Caroline …« Seine Miene verriet Bedauern und Freude zugleich. Er schien unschlüssig zu sein, was er als Nächstes sagen sollte.

»Was macht meine Kleine?« Lächelnd breitete Richard die Arme aus, und Maggie lief zu ihm. Er hob sie hoch, und beide lachten, als hätten sie sich seit Tagen nicht gesehen.

Savannah ging zu Caroline. »Grady hat Richard den ganzen Nachmittag gesucht«, erklärte sie leise. »Unser kleiner Bruder hat den Zeitpunkt mal wieder sehr geschickt abgepasst.«

Ihr war klar, was ihre Freundin damit sagen wollte. Richard war bewusst in diesem Moment erschienen, damit Grady ihn nicht zur Rede stellen konnte. Und er hatte Maggies kindliche Bewunderung geschickt ausgenutzt, um Grady noch mehr lächerlich zu machen.

»Maggie!«, rief Caroline.

Richard setzte die Kleine wieder ab, und zusammen gesellten sie sich zu Caroline und Savannah.

»Ich glaube, Maggie hat mir mein Herz gestohlen.« Seine Augen funkelten amüsiert.

Maggie lächelte ihn an. »Heißt das, du willst mich heiraten?«

»Klar doch.«

»Wirklich?«

Caroline nahm ihre Hand. »Er wird dich nicht heiraten.«

»Sei dir da nicht so sicher.« Richard hockte sich neben Maggie, sah jedoch Caroline an.

»Hallo, Maggie«, sagte Grady dann. Er wirkte immer noch sehr angespannt.

Maggie barg das Gesicht an Richards Schulter.

»Du brauchst vor Grady keine Angst zu haben«, flüsterte Richard so laut, dass alle es hören konnten. Dann lächelte er und gab seinem Bruder damit zu verstehen, dass er nur seine Zeit verschwendete.

»Ich mag Grady nicht«, verkündete die Kleine prompt und zog einen Schmollmund.

»Maggie!«, ermahnte Caroline sie.

»Sie hat recht«, bestätigte Richard mit einem selbstgefälligen Lächeln. »Grady kann einfach nicht mit Kindern umgehen.«

Caroline verkniff sich eine Bemerkung. Sie traute ihm einfach nicht. Wie hätte sie ihm auch vertrauen können, nachdem er seine Geschwister und alle anderen so ausgenutzt hatte?

»Ich glaube, Maggie braucht jemanden wie mich in ihrem Leben«, fuhr er fort. »Das heißt, es gibt nur eine Lösung.«

»Und die wäre?« Ihr war klar, dass diese Frage nicht besonders klug war.

»Du könntest mich heiraten.« Er beugte sich zu ihr und hauchte ihr einen Kuss auf die Wange. »Erlöse mich von meinen Qualen, Caroline Daniels, und heirate mich.«

»Oh bitte, Mommy!«, rief Maggie und klatschte in die Hände. »Lass uns Richard heiraten!«

2. Kapitel

Grady freute sich darüber, dass seine Schwester Caroline und Maggie überredet hatte, zum Abendessen zu bleiben. Jetzt musste er sich nur noch normal benehmen. Es war immer dasselbe: Wann immer er die Gelegenheit hatte, Kontakt mit Maggie zu knüpfen, tat er irgendetwas Dummes. Am liebsten hätte er Richard die Schuld daran gegeben.

Während er sich vor dem Essen frisch machte, hoffte er, an diesem Abend endlich einen guten Eindruck bei Caroline und ihrer kleinen Tochter hinterlassen zu können.

Der Tisch war bereits gedeckt, als er in die Küche trat. In der Mitte standen eine Platte mit aufgeschnittenem Roastbeef, eine Schüssel mit Kartoffelpüree, eine mit Salat, Soße und ein Teller voller Maiskolben, außerdem ein Korb mit Savannahs leckeren Buttermilchkeksen. Seine Schwester war eine hervorragende Köchin, und sie würde ihm fehlen, wenn sie mit Laredo in ihr gemeinsames Haus zog. Doch es war höchste Zeit, dass sie ihr eigenes Leben führte. Laredo hatte ihm erzählt, dass die beiden bereits mit dem Gedanken spielten, Kinder zu bekommen.

»Das sieht toll aus.« In letzter Zeit bemühte er sich, Savannah zu zeigen, wie viel ihm an ihr lag. Es stimmte … In den vergangenen Jahren hatte er ihre Arbeit als selbstverständlich betrachtet und ihr Engagement für ihre Rosen und ihren Versandhandel – der mittlerweile ausgesprochen lukrativ war – nicht ernst genommen. Er hatte sich sogar über ihre Ziegen lustig gemacht. Erst seit ihr Auszug bevorstand, war ihm klar geworden, wie sehr er sie vermissen würde.

Eine zarte Röte stahl sich auf Savannahs Wangen. Offenbar freute sie sich über sein Lob.

Caroline lächelte beifällig, und Grady musste ein Seufzen unterdrücken. Wenn alles gut ging, würde er bei Maggie an diesem Abend einiges wiedergutmachen können.

Inzwischen hatten sich alle in der Küche eingefunden, nur Richard fehlte noch. Es war mal wieder typisch für seinen verwöhnten kleinen Bruder, die anderen warten zu lassen.

»Wo ist Richard?«, fragte Maggie und blickte zu ihrer Mutter auf.

Dieselbe Frage stellte Grady sich auch.

»Er kommt doch, oder?«, jammerte sie.

»Das weiß ich nicht, Schatz«, erwiderte Caroline.

»Kommt, wir sollten das Essen nicht kalt werden lassen.« Ihm war es eigentlich nur recht, wenn Richard nicht dabei war, denn er hätte die Unterhaltung mit Sicherheit allein bestritten. Grady zog seinen Stuhl hervor und setzte sich. Laredo, Savannah und Caroline nahmen ebenfalls Platz. Nur Maggie blieb erwartungsvoll stehen.

»Was ist mit Richard?«, fragte sie noch einmal leise.

»Wahrscheinlich hat er keinen Hunger.« Caroline zog den Stuhl neben sich für Maggie hervor.

»Er hat mir versprochen, dass er beim Abendessen neben mir sitzt.«

»Richard redet viel, wenn der Tag lang ist«, erklärte Grady. Er wollte die Kleine nicht enttäuschen, aber sein Bruder war nun einmal sehr unzuverlässig und rücksichtslos.

Richards scherzhafter Heiratsantrag bereitete ihm auch jetzt noch Kopfzerbrechen. Im Gegensatz zu Caroline hatte er es überhaupt nicht komisch gefunden. Offenbar wusste sein Bruder, dass er sich für sie interessierte, und betrachtete sie als Freiwild. Daher hätte es ihn nicht gewundert, wenn Richard alles daransetzen würde, eine Romanze zwischen ihnen zu verhindern. Es mochte paranoid klingen, doch er wusste, dass seine Befürchtungen berechtigt waren.

Nachdem er sich eine dicke Scheibe Roastbeef aufgefüllt hatte, reichte er Caroline die Platte.

Maggie verschränkte die Arme vor der Brust und sah ihn trotzig an. »Ich esse erst, wenn Richard da ist.«

»Maggie, bitte«, sagte Caroline und warf Grady einen entschuldigenden Blick zu.

Wieder einmal war er der Böse. »Ich hätte nicht schreien sollen, stimmt's?« Er bemühte sich, ruhig zu sprechen. »Ich tue das manchmal, ohne nachzudenken, aber ich war nicht wütend auf dich.«

»Du warst wütend auf Richard.«

»Ja, das war ich.«

»Und jetzt kommt er nicht zum Essen.«

»Ich glaube, Richard kommt aus anderen Gründen nicht zu uns«, meinte Caroline, während sie Maggie Kartoffelpüree auffüllte. »Möchtest du einen von Savannahs leckeren Buttermilchkeksen?«

Maggie zögerte einen Moment und schüttelte schließlich den Kopf. »Wenn Richard nicht da ist, esse ich nicht.«

»Habe ich gerade meinen Namen gehört?«, fragte Richard fröhlich, als er die Küche betrat. »Tut mir leid, dass ich zu spät komme«, fügte er ungerührt hinzu. Er setzte sich neben Maggie und griff dabei nach der Fleischplatte.

Die Kleine warf Grady einen triumphierenden Blick zu, als wollte sie damit sagen, sie hätte ja die ganze Zeit gewusst, dass Richard sie nicht belogen hatte.

Plötzlich hatte er keinen Appetit mehr. Immer wenn er einen Schritt auf Maggie zumachte, schien sie zwei Schritte zurückzuweichen. Wieder einmal hatte Richard ihn vor ihr bloßgestellt. Und wieder einmal hatte er es zugelassen.

»Stimmt es, dass du meine Mom heiraten willst?«, erkundigte sie sich nun so hoffnungsvoll bei seinem Bruder, dass alle verstummten.

»Natürlich stimmt das.« Richard lachte und zwinkerte Caroline zu.

»Das wäre toll«, verkündete Maggie freudestrahlend.

Grady sagte während des ganzen Essens kein Wort mehr. Allerdings fiel das niemandem auf, denn Richard war in seinem Element und unterhielt alle am Tisch. Er lachte und scherzte, machte Savannah ein Kompliment und witzelte sogar mit Laredo.

Caroline schwieg zuerst, doch bald hatte er auch sie in seinen Bann gezogen. Grady konnte nicht umhin, ihn dafür zu bewundern, denn im Gegensatz zu Richard stand er nicht gern im Mittelpunkt. Bisher hatte es ihn nie gestört, doch nun befürchtete er, dass Caroline sich Richards Charme nicht mehr entziehen konnte. Mit Ausnahme von Elaine Frasier hatte noch keine Frau seinem Bruder widerstehen können. Und Elaine hatte ihm nur deswegen eine Abfuhr erteilt, weil sie bereits in Glen Patterson verliebt war. Allerdings waren sich die beiden erst über ihre Gefühle füreinander klar geworden, als Richard sich zwischen sie gedrängt hatte. Dennoch fragte sich Grady, was passiert wäre, wenn Glen nicht gewesen wäre.

Sobald er konnte, entschuldigte er sich und ging in den Stall. Er hätte gern noch länger am Tisch gesessen und anschließend vielleicht eine Tasse Kaffee mit Caroline auf der Veranda getrunken, doch es hatte keinen Sinn.

Erst als er über den Hof lief, erkannte er, was da gerade in ihm vorging. Verdammt, er war eifersüchtig! Caroline war die einzige Frau, die ihm je etwas bedeutet hatte, und Richard wollte sie ihm wegnehmen. Und er hatte keine Ahnung, wie er seinen Bruder daran hindern sollte.

Zu seiner Überraschung folgte Laredo ihm nach draußen. Genau wie Grady war er ein Mann, der nicht viele Worte machte.

Er holte Grady ein und ging voran in den Stall. »Reg dich nicht über ihn auf«, sagte er.

»Das tue ich nicht«, versicherte Grady, und das stimmte teilweise sogar. Es gefiel ihm zwar nicht, dass Richard sich an Caroline heranmachte, doch er würde sich deshalb nicht lächerlich machen. Diesen Fehler hatten schon andere Männer begangen. Glen Patterson zum Beispiel. Auf dem Tanzabend des Rinderzüchterverbands hatte er sich bis auf die Knochen blamiert. Wegen Elaine waren Richard und Glen dort beinah handgreiflich geworden, und die halbe Stadt hatte ihrer Auseinandersetzung zugesehen. Sheriff Hennessey war gerade noch rechtzeitig eingeschritten.

»Gut.« Laredo klopfte ihm auf die Schulter, dann widmete sich jeder von ihnen seiner Arbeit.

Aber Grady blieb nicht lange im Stall. Nachdem er sich wieder beruhigt hatte, beschloss er, nicht die Flinte ins Korn zu werfen.

Als er auf das Wohnhaus zuging, sah er schon von Weitem, dass Caroline zusammen mit Savannah draußen auf der Veranda saß und Tee trank. Maggie hatte es sich auf der Treppe vor ihnen bequem gemacht und hielt ihre Puppe im Arm. Krampfhaft überlegte er, was er sagen sollte.

Die beiden Frauen verstummten, als er sich ihnen näherte. Also hatten sie wohl über ihn geredet. Er kam sich vor wie ein unbeholfener Schuljunge und tippte sich unsicher an den Stetson.

Zu seiner großen Erleichterung zwinkerte Savannah ihm verschwörerisch zu und stand auf. »Maggie«, sagte sie und streckte der Kleinen die Hand entgegen, »ich habe heute Nachmittag eine meiner alten Puppen gefunden. Möchtest du mit ihr spielen?«

Maggie sprang auf. »Darf ich?«

»Na klar.«

Während die beiden ins Haus gingen, nahm Grady auf dem Schaukelstuhl Platz, auf dem Savannah gesessen hatte. Er atmete einmal tief durch und rief sich dabei ins Gedächtnis, dass er Caroline schon sein ganzes Leben kannte und es daher keinen Grund gab, so nervös zu sein.

»Schöner Abend, nicht wahr?«, bemerkte er.

»Ich glaube, im Osten zieht ein Gewitter auf.«

Das war ihm noch gar nicht aufgefallen. Verlegen blickte er zum Himmel, bis Caroline sich in ihrem Schaukelstuhl zurücklehnte und lachte. Nun musste er ebenfalls lächeln. Es fiel ihm schwer, sie nicht anzustarren. Aber ihre Schönheit machte ihn sprachlos. Er wollte ihr sagen, wie attraktiv sie war und wie sehr er sie mochte und respektierte. Doch die richtigen Worte wollten ihm einfach nicht über die Lippen kommen.

»Entspann dich, Grady.«

»Ich bin entspannt«, erklärte er unwirsch. Ihm fiel auf, wie locker Caroline war. Sie schaukelte ruhig hin und her, als würden sie oft gemeinsam auf der Veranda sitzen. Seine Eltern hatten hier jeden Abend verbracht. Sie hatten über die Ereignisse des Tages gesprochen und Zukunftspläne geschmiedet. Obwohl sie bereits seit sechs Jahren tot waren, vermisste er sie noch genauso schmerzlich wie damals. Manchmal saß er nun abends mit Rocket zu seinen Füßen hier draußen und fragte seinen Vater in Gedanken um Rat. Natürlich erwartete er nicht, dass dieser ihm antwortete. Schließlich glaubte er nicht an Geister oder sonstige übernatürliche Erscheinungen. Doch diese einseitigen Gespräche hatten ihm dabei geholfen, die schwere Zeit zu überstehen. Er war gezwungen gewesen, die Antworten in seinem tiefsten Inneren zu suchen. Und manchmal hatte er die Gegenwart seines Vaters ganz deutlich gespürt.

»Du bist plötzlich so still«, bemerkte Caroline.

»Ich möchte mit dir über Richard sprechen.« Seine Worte überraschten ihn ebenso sehr wie sie.

»Oh.« Fragend blickte sie ihn an.

»Ich verstehe, dass seine Aufmerksamkeit dir schmeichelt, aber wie ich bereits sagte: Mein Bruder redet viel, wenn der Tag lang ist.« Nun hörte sie auf zu schaukeln. »Das hörst du sicher nicht gern, aber es ist die Wahrheit«, fügte er hinzu. Ihm war es auch unangenehm, doch er wollte nicht, dass Richard sie verletzte.

»Danke für die Warnung, aber ich kann auf mich selbst aufpassen.«

»Das bestreite ich auch gar nicht. Es ist nur … Na ja, Richard ist manchmal unheimlich charmant.«

»Und du denkst, ich würde mich Hals über Kopf in ihn verlieben, stimmt's?«, erwiderte sie mit einem ärgerlichen Unterton.

»Glaubst du, es fällt mir leicht, das zu sagen?« Grady atmete scharf ein. »Im Grunde interessiert er sich gar nicht für dich.«

»Wie bitte?«

Er wünschte, er hätte das Thema nie angeschnitten, doch nun konnte er nicht mehr zurück. »Richard weiß, was ich für dich empfinde, und …« Er verstummte, bevor er sich noch mehr blamierte. »Ich sage dir das nur, weil ich nicht möchte, dass du wieder verletzt wirst.« Was war bloß in ihn gefahren, dass er »wieder« sagte? Er hatte Caroline nie nach Maggies Vater gefragt und hatte es auch jetzt nicht vor. Schließlich wusste er, wie empfindlich sie diesbezüglich war. Als er vor Monaten einmal eine Andeutung gemacht hatte, wäre sie ihm beinah an die Gurgel gegangen.

Unvermittelt stand sie auf. »Das Gespräch ist beendet.«

»Caroline, ich wollte nicht … Oh gut, dann bist du eben sauer auf mich!« Grady sprang ebenfalls auf. »Offenbar brauchst du keine Ratschläge von mir.«

»Stimmt genau, Grady.«

Dass sie seine Warnung in den Wind schlug, verletzte seinen Stolz. »Na gut, dann wirf dich Richard an den Hals – von mir aus.« Bevor sie etwas erwidern konnte, stampfte er in Richtung Stall davon. Es bestand wohl kein Zweifel daran, dass er es sich nun ein für alle Mal mit ihr verdorben hatte.

Seine Befürchtungen bestätigten sich, als er knapp eine Stunde später den Stall verließ und Caroline wiedersah. Sie saß am Steuer ihres Wagens und hatte das Fenster heruntergefahren. Richard stand davor, beugte sich zu ihr herunter, und beide lachten laut.

Grady verspürte einen schmerzhaften Stich.

Caroline musste ihn gesehen haben, denn plötzlich drehte Richard sich zu ihm um. Da Grady sich auf keinen Fall anmerken lassen wollte, was er empfand, stürmte er ins Haus, wo er sich in seinem Büro einschloss. Er setzte sich auf den abgewetzten ledernen Schreibtischstuhl und zog die unterste Schreibtischschublade auf. Sein Vater hatte dort für alle Fälle immer eine Flasche Whiskey aufbewahrt, und Grady hielt es genauso. Doch die Flasche war verschwunden. Wahrscheinlich hatte Richard sie gefunden, doch im Moment war es ihm egal, denn er trank sowieso lieber ein kühles Bier als Hochprozentiges.

Das Klopfen an der Tür überraschte ihn. »Wer ist da?«, brummte er.

»Richard.« Ohne auf eine Antwort zu warten, öffnete sein Bruder die Tür und kam herein. Er setzte sich auf den Stuhl ihm gegenüber, faltete die Hände hinter dem Kopf und grinste wie ein dummer Schuljunge. »Was ist nun mit dir und Caroline?«, fragte er.

Grady blickte ihn finster an. Richard war wirklich der Letzte, mit dem er über Caroline reden wollte. »Nichts.«

Sein Bruder grinste noch breiter. »Komm schon, Grady, ich habe doch Augen im Kopf. Du bist scharf auf sie. Kann ich dir nicht verdenken, Mann. Sie sieht gut aus.«

»Hör zu, ich habe Besseres zu tun, als hier herumzusitzen und mit dir über Caroline Daniels zu sprechen.«

»Ich glaube auch nicht, dass es schwer ist, sie ins Bett zu bekommen.«

Grady musste die Zähne zusammenbeißen. »Du solltest jetzt besser den Mund halten.« Er stand auf, ging zur Tür und öffnete sie demonstrativ.

»Ich hätte jedenfalls nichts dagegen, mit ihr ins Bett zu steigen«, fuhr Richard fort.

Jetzt sah Grady rot. Er stürmte auf seinen Bruder zu, packte ihn am Hemd und riss ihn hoch.

Richard hob abwehrend die Hände. »He, ist ja gut! Ich habe nur Spaß gemacht.«

Es dauerte einen Moment, bis Grady wieder klar denken konnte. Schließlich ließ er ihn los.

»Wenn du nicht über Caroline reden willst, bitte.« Richard ging rückwärts zur Tür. »Aber du kannst mir keinen Vorwurf daraus machen, wenn ich frage, oder?«

***

Während sie nach Hause fuhr, wurde Caroline klar, dass sie Richard nicht nur misstraute, sondern ihn überhaupt nicht mochte. Er hatte ihr unter die Nase gerieben, dass Grady im vorigen Monat Nell Bishop gebeten hatte, ihn zum Tanzabend des Rinderzüchterverbands zu begleiten. Caroline wusste, wie sehr Savannah auf Grady eingeredet hatte, damit er *sie* einlud. Fast hätte er es auch getan. Sie erinnerte sich noch daran, wie er einige Tage vorher zu ihr in die Post gekommen war. Er hatte den Tanzabend erwähnt, sie jedoch letzten Endes beleidigt.

Ihre Auseinandersetzungen waren wirklich legendär. Erst seit einigen Wochen schafften sie es, sich vernünftig miteinander zu unterhalten.

Und nun das.

Sie glaubte Richard nicht. Vermutlich war fast alles gelogen, was er sagte. Wenn das mit Nell stimmte, hätte sie bestimmt davon gehört. Soweit sie wusste, war Nell nicht einmal beim Tanzabend gewesen. Es war allgemein bekannt, dass sie immer noch um Jake trauerte, den einzigen Mann, den sie je geliebt hatte. Die beiden waren schon auf der Highschool ein Paar gewesen, und Caroline hatte sich oft gefragt, ob Nell je wieder heiraten würde.

»Frag sie einfach«, sagte Caroline laut, ohne sich dessen bewusst zu sein.

»Wen, Mommy?« Maggie blickte sie an.

»Eine Freundin.«

»Was soll ich sie fragen?«

»Nichts.« Sie lächelte ihre Tochter an und wechselte dann das Thema.

Die Gelegenheit, mit Nell zu sprechen, bot sich Caroline eher als erwartet. Am nächsten Tag ging sie nach der Arbeit in den Supermarkt und traf Nell dort an der Kasse.

»Hallo, Caroline«, begrüßte Nell sie fröhlich. »Lange nicht mehr gesehen.«

»Hi!«, rief Caroline erfreut. »Wie geht es dir?«

»Prima. Letzte Woche habe ich die Prospekte an die Reisebüros verschickt.«

Nell hatte vor, die Twin Canyon Ranch in eine Touristenranch umzuwandeln, und Caroline bewunderte ihren Einfallsreichtum. »Das ist ja toll!«

Nachdem Nell bezahlt hatte, blickte sie sich suchend um. »Jeremy!«, rief sie dann. »Emma!« Sie nahm sich einige Plastiktüten und zuckte mit den Schultern. »Ich habe den beiden gesagt, dass sie nicht weglaufen sollen. Und ich weiß auch genau, wo sie sind – in der Buchabteilung. Sie sind ganz verrückt nach Büchern.«

Caroline kannte das – Maggie bat sie andauernd, ihr etwas vorzulesen. Bald würde ihre Kleine die Bücher selbst verschlingen.

»Hast du einen Moment Zeit?«, fragte Caroline, während sie ihr Portemonnaie öffnete, um zu bezahlen.

»Klar.« Nell wartete, bis sie fertig war. »Was hast du auf dem Herzen?«

Während sie zur Buchabteilung am anderen Ende des Supermarkts gingen, überlegte Caroline, wie sie das Gespräch am besten auf Grady bringen konnte. Sie wusste nicht, warum sie sich so über Richards Bemerkung geärgert hatte, zumal es vermutlich gelogen war. Allerdings hätte sie es Grady nicht verdenken können, wenn er sich tatsächlich zu Nell hingezogen fühlte. Eine Zeit lang hatte sie sogar selbst geglaubt, die beiden wären wie füreinander geschaffen. Sie waren beide Rancher und hatten das scheinbar Unmögliche geschafft: ihre Farmen am Laufen zu halten, obwohl sie unerwarteterweise mit aller Arbeit allein dastanden.

Irgendwann, so hatte sie angenommen, würden Grady und Nell zueinanderfinden. Grady und Jake waren miteinander befreundet gewesen, und auf Jakes Beerdigung hatte Grady zusammen mit einigen anderen Männern den Sarg seines Freundes getragen. Außerdem waren er und Nell ungefähr gleich alt und hätten ein schönes Paar abgegeben. Er war ungefähr einen Meter fünfundachtzig groß und genauso wie Jake kräftig und muskulös. Nell war selbst sehr groß, gut einen Meter achtzig. Da musste Grady ja in ihr Beuteschema fallen.

»Hoffentlich hältst du mich nicht für neugierig, aber mir ist zu Ohren gekommen …«, begann Caroline und verstummte wieder. Diese Unterhaltung war unangenehmer, als sie gedacht hatte.

Nell runzelte die Stirn. »Was?«

Sie atmete tief ein und hielt die Luft an. »Über dich und Grady Weston.«

»Über mich und Grady?«

Caroline nickte.

»Grady ist ein Freund von mir«, erwiderte Nell. »Ich habe ihn schon immer gemocht, und falls ich je wieder auf die Suche nach einem Partner gehen sollte, würde ich ihn sicher ins Auge fassen.«

Caroline wandte den Blick ab. Es war nicht das, was sie hören wollte.

»Er ist ein guter Mann, und er wird sicher mal einen tollen Ehemann und Vater abgeben«, fuhr Nell fort. »Fragst du aus einem bestimmten Grund?«

»Eigentlich nicht.«

»Er hat mich letzten Monat gefragt, ob ich mit ihm zum Tanzabend gehen will«, fügte Nell hinzu, als würde es ihr plötzlich einfallen.

Also stimmte es. Caroline war enttäuscht.

»Ich wurde sogar innerhalb weniger Stunden zweimal eingeladen«, sagte Nell mit einem amüsierten Unterton.

»Zweimal? Von wem denn noch?«

Nun lächelte Nell. »Du wirst es kaum glauben. Von Glen Patterson.«

»Glen?« Das war wirklich unglaublich, wenn man bedachte, dass Glen jetzt mit Elaine Frasier verlobt war. Die beiden waren bis über beide Ohren ineinander verliebt.

»Ich weiß nicht, was an dem Tag los war«, sagte Nell leise.

»Bist du zu dem Tanzabend gegangen?«

»Ich war nur kurz da, weil Emma sich an dem Tag den Magen verdorben hatte. Ich habe einigen Freunden Hallo gesagt, die ich nur selten sehe, und bin dann gegangen, kurz nachdem die Musik begonnen hatte.«

»Grady war dort.« Caroline hatte bei einem dieser Tanzabende auch einmal mit ihm getanzt. Sie hatte ihn aufgefordert und es nicht bereut. Diese wenigen Minuten in seinen Armen waren wunderschön gewesen.

Doch statt sie um einen weiteren Tanz zu bitten, wie sie gehofft hatte, war Grady wieder zu Cal Patterson gegangen und hatte kein Wort mehr mit ihr gewechselt. Sie war bitter enttäuscht gewesen.

»… irgendeinem Grund?«, erkundigte sich Nell.

Caroline hatte nur den letzten Teil der Frage verstanden. »Grund?«, wiederholte sie.

»Dass du dich nach mir und Grady erkundigst?«

»Eigentlich nicht.« Sie fand jedoch, dass sie ihrer Freundin die Wahrheit sagen musste. »Er hat mich gestern zum Essen eingeladen.«

»Und hast du die Einladung angenommen?«

Caroline nickte.

»War es schön?«

»Sehr schön«, gestand sie.

Nell nahm ihre Tüten in die andere Hand. »Hör mal, du brauchst keine Angst zu haben, dass zwischen Grady und mir etwas läuft. Grady ist einer der besten Männer, die ich kenne, aber …« Ihre Stimme bebte. »… ich liebe immer noch Jake.«

»Oh Nell.« Spontan umarmte Caroline sie.

»Verflixt!« Nell blinzelte wütend ihre Tränen weg. »Ich muss mich jetzt beeilen. Bis bald, ja?«

»Ja, bis bald.« Caroline hätte gern noch länger mit ihr geplaudert. Sie waren beide so beschäftigt, dass sie nur selten Zeit dafür hatten.

»Jeremy! Emma!«, rief Nell wieder, und daraufhin kamen die beiden endlich angelaufen.

Nachdem Caroline ihnen zum Abschied gewinkt

hatte, kehrte sie gedankenverloren zum Parkplatz zurück. Richard hatte also die Wahrheit gesagt. Gerade das machte ihn so gefährlich. Ab und zu sagte er die Wahrheit, damit alle sich in Mutmaßungen ergingen. Doch ausnahmsweise wünschte sie, er hätte gelogen.

***

Savannah fiel auf, dass Grady sehr nachdenklich war, seit Caroline mit ihnen zu Abend gegessen hatte. Er saß am Küchentisch und stellte eine Liste der Dinge auf, die Richard am Spätnachmittag im Futtermittelgeschäft kaufen sollte. Doch seit fünf Minuten blickte er starr ins Leere.

Sie musste sich zurückhalten, um nichts zu sagen. Laredo hatte ihr davon abgeraten, ihren Bruder und Caroline miteinander zu verkuppeln, aber genauso gut hätte er sie bitten können, nicht mehr zu atmen. Grady war unglücklich, und Caroline war es auch nicht besser ergangen. Wenn sie die beiden, die offenbar füreinander bestimmt waren, zusammenbringen konnte, warum sollte sie es dann nicht tun?

Während sie darüber nachdachte, schenkte sie ihrem Bruder Kaffee nach.

Grady blickte auf und lächelte schief.

»Beschäftigt dich etwas?«, erkundigte sie sich.

»Nichts Wichtiges.« Er nahm den Becher und hob ihn an die Lippen. Dann sah er sie an, als wollte er etwas sagen.

Unwillkürlich hielt sie den Atem an. Sie hoffte, er würde sie nach Caroline fragen. Doch er tat es nicht.

»Das Gemeindeessen findet dieses Wochenende statt«, sagte sie schnell.

Grady gab einen unwirschen Laut von sich. Sie wusste, was es bedeutete. Er war nicht interessiert.

Wütend funkelte sie ihn an. »Caroline macht ihren Apfelmuskuchen«, fügte sie beiläufig hinzu. »Nach dem Rezept ihrer Mutter.«

Wieder sah er auf. »Caroline geht zum Gemeindeessen?«

»Natürlich.« Ihr Bruder war einer der intelligentesten Männer, die sie kannte, aber wenn es um Frauen ging, war er wirklich begriffsstutzig.

»Geht Laredo auch hin?«

»Ja. Und Elaine und Glen und so ziemlich jeder aus Promise.«

»Oh.«

War das alles, was ihm dazu einfiel? Arme Caroline, dachte Savannah.

»Ist es so ein Pärchending, bei dem man nur mit einem Date auftauchen darf?«

Sie wusste nicht, was sie darauf erwidern sollte. Wenn er hörte, dass alle in Begleitung kamen, würde ihn das womöglich abschrecken. Aber wenn sie nichts sagte, würde vielleicht jemand anders Caroline fragen.

»Die Frage dürfte eigentlich nicht so schwer zu beantworten sein«, fügte Grady ungeduldig hinzu.

»Ja und nein. Einige Leute kommen in Begleitung, andere nicht.«

Er dachte einen Moment darüber nach. »Kommt Caroline in Begleitung?«

Am liebsten wäre sie ihm vor Freude um den Hals gefallen. Ihr Bruder war doch nicht so begriffsstutzig, wie sie angenommen hatte. »Nicht dass ich wüsste«, erwiderte sie betont beiläufig.

»Oh.«

Wieder stellte er ihre Geduld auf eine harte Probe. Sie wartete eine Minute, dann fragte sie:

»Spielst du mit dem Gedanken, sie und Maggie einzuladen?«

»Ich?« Erstaunt sah er sie an.

»Ja, du.«

»Ich ... denke darüber nach«, sagte er schließlich.

Savannah lächelte und klatschte in die Hände. »Das ist wundervoll!«

»Was ist wundervoll?«, erkundigte sich Richard, der gerade die Küche betrat. Er nahm sich eine Banane, schälte sie und lehnte sich erwartungsvoll an den Tresen.

Grady und Savannah wechselten einen Blick. »Das Gemeindeessen«, antwortete Savannah.

»Ja, davon habe ich gehört«, erwiderte Richard mit vollem Mund. »Geht einer von euch hin?«

»Ich glaube schon«, sagte sie.

»Dann gehe ich vielleicht auch.«

Grady und Savannah schwiegen.

»Ich sollte vielleicht jemanden mitnehmen, findet ihr nicht?« Richard dachte einen Moment nach. »Caroline. Ich werde Caroline fragen«, fügte er triumphierend hinzu. »Die Gelegenheit wird sie sich nicht entgehen lassen.«

3. Kapitel

»Du bist ein verdammter Idiot«, sagte Grady leise zu sich selbst, als er nach Promise fuhr und dabei die zugelassene Höchstgeschwindigkeit um zwanzig Meilen überschritt.

Am Abend war ihm klar geworden, dass er sich entweder einen Ruck geben und Caroline jetzt sofort zu dem Gemeindeessen einladen oder Richard das Feld überlassen musste. Natürlich hätte er sie einfach anrufen können. Aber mit ihr persönlich zu sprechen erschien ihm irgendwie … bedeutungsvoller.

Er hatte keine Ahnung, wie man das Herz einer Frau gewann, aber diesmal würde er nicht zulassen, dass sein Bruder ihm zuvorkam. Richard interessierte sich genauso wenig für Caroline, wie er sich in Elaine Frasier verliebt hatte, dessen war sich Grady sicher. Sein Bruder wollte ihm nur eins auswischen.

Sobald Grady seinen Entschluss gefasst hatte, wollte er Nägel mit Köpfen machen. Natürlich war es ein gewisses Risiko. Wenn er Caroline gegenüber so offen war und dann womöglich erfuhr, dass Richard sie bereits eingeladen hatte.

Doch selbst das hielt ihn nicht davon ab. Schon lange hatte er sich nichts so sehnlich gewünscht, wie mit ihr und Maggie an dem Essen teilzunehmen.

Nach kurzer Zeit erreichte er die Stadt. Er parkte vor Carolines kleinem Haus und sprang aus dem Pick-up. Dann lief er die Stufen der Veranda hoch und drückte auf die Klingel.

Als Caroline öffnete, wirkte sie überrascht.

»Grady ... Hallo.« Sie fing sich schnell wieder und zog die Fliegentür auf.

»Hast du Lust, dich nach draußen zu setzen?« Er deutete auf die Verandaschaukel. Da er ziemlich nervös war, fühlte er sich draußen, im Dämmerlicht, sicherer als im hell erleuchtet Wohnzimmer.

»Ja.«

Sie blickte über die Schulter, und Grady bemerkte, dass Maggie im Hintergrund spielte. Sie hatte ihre Puppen an einen kleinen Tisch gesetzt und redete mit ihnen, während sie an ihrem Spielzeugherd stand. Bei dem Anblick musste er lächeln.

Caroline kam zu ihm heraus und setzte sich auf die Schaukel, doch er blieb vor ihr stehen.

»Hat Savannah angerufen?«, fragte er. Es hätte seiner Schwester ähnlichgesehen, ihre Freundin zu warnen. Er hatte zwar nicht gesagt, wohin er fuhr, aber Savannah wusste es mit Sicherheit. Immerhin hatte sie ihm auf die Sprünge geholfen. Ihre Kuppelversuche duldete er nur, weil er ihre Hilfe tatsächlich gebrauchen konnte. Aber das sollte sie natürlich nicht wissen.

»Savannah?«, fragte Caroline. »Nein, das hat sie nicht.«

Grady seufzte und entspannte sich ein wenig. »Und Richard?«

»Was ist mit ihm?«

»Hast du vor Kurzem mit ihm gesprochen – sagen wir, in den letzten vier oder fünf Stunden?«

»Nein«, erwiderte sie kurz angebunden. »Fragst du aus einem bestimmten Grund?«

Er merkte, dass sie ungeduldig wurde, aber er musste die Antworten hören, bevor er weitersprechen konnte. »Natürlich frage ich aus einem bestimmten Grund«, sagte er scharf. Er ärgerte sich über seine Unbeholfenheit. »Ich möchte mich nicht blamieren.«

»Was hat Richard damit zu tun?«

»Wenn er vor mir hier gewesen ist, brauchst du es nur zu sagen, dann gehe ich.« Er war noch nie sonderlich eifersüchtig gewesen. Es war ein ungewohntes – und unangenehmes – Gefühl. Doch er würde nicht zulassen, dass Richard ihm auf der Nase herumtanzte.

»Ich habe den Eindruck, dass du es auch ohne Richard schaffst, dich zu blamieren.«

Das saß. Grady atmete langsam aus und zählte dabei bis zehn, weil ihm das Herz bis zum Hals klopfte. Dann lehnte er sich gegen das Verandageländer und blickte Caroline an. »Ich möchte nur wissen, ob Richard dich zu dem Gemeindeessen eingeladen hat.«

Jetzt lächelte sie. Er hatte sie selten so lächeln sehen, und es fiel ihm schwer, den Blick abzuwenden.

»Warum willst du das wissen?«, erkundigte sie sich.

»Das habe ich dir bereits gesagt. Wenn Richard dich schon gefragt hat, kann ich mir die Mühe sparen.«

»Und was ist, wenn er mich nicht gefragt hat? Willst du mich dann fragen?«

Grady schob die Hände in die Hosentaschen und zuckte betont lässig mit den Schultern. »Vielleicht.«

Caroline schaukelte sanft hin und her und schlug die Beine übereinander. Da sie Shorts trug, konnte er nun ihre schönen Beine besonders gut bewundern.

»Sagen wir mal so«, sagte sie nach einer Weile. »Wenn Richard mich fragen würde – und ich behaupte nicht, dass er es getan hat –, würde ich ablehnen.«

»Tatsächlich? Und was ist mit mir?«

»Du hast mich nicht gefragt«, erinnerte sie ihn.

Falls sie gerade mit ihm spielte, würde er ihr das nie verzeihen. »Würdest du … Würdet ihr, du und Maggie, mich am Samstagabend zu dem Gemeindeessen begleiten?«

Das freudige Funkeln in ihren Augen war die einzige Antwort, die er brauchte. Er war überglücklich.

»Sehr gern«, erwiderte sie, ohne zu zögern.

»Das wäre toll. Fantastisch!« Grady wandte sich zum Gehen, stolperte dabei jedoch über ein Spielzeug von Maggie und wäre beinahe hingefallen. Allerdings war es ihm in diesem Moment egal, ob er sich blamierte oder nicht.

Er war schon fast am Wagen angelangt, als er Caroline rufen hörte: »Wollen wir uns in der Kirche treffen?«

»Nein. Ich hole euch ab.« Um keine Missverständnisse aufkommen zu lassen, fügte er hinzu: »Das ist ein Date, Caroline.«

»Und wann bist du hier?«

»Wann soll ich denn hier sein?«

»Viertel vor sieben wäre gut.«

»Dann um Viertel vor sieben.«

Caroline ging zur Verandatreppe und legte den Arm um den Pfeiler. »Ich freue mich auf dich.«

Am liebsten hätte er einen Luftsprung gemacht und laut gejubelt, so glücklich war er. Verdammt, er hatte Caroline noch nicht einmal geküsst! Wenn ihm jetzt schon schwindelig war, wie würde es dann erst sein, wenn er das erste Mal mit ihr schlief?

***

Für Reverend Wade McMillen gab es nichts Schöneres als gesellige Zusammenkünfte in der Kirche, und das hundertzwanzigjährige Bestehen der Kirche in Promise war ein ganz besonderer Anlass. Seit fünf Jahren war er nun Pfarrer in dieser kleinen, aber wachsenden Gemeinde. Es war seine erste Stelle, und Kollegen hatten ihm gesagt, das erste Amt sei immer etwas Besonderes. Das konnte er nur bestätigen, denn die Menschen, die sich an diesem Tag im Gemeindesaal versammelt hatten, waren für ihn mittlerweile wie Familienmitglieder.

Da er in Houston aufgewachsen war, hatte er vor allem mit Ranchern und Angestellten der Ölindustrie zu tun gehabt. Deshalb hatte es sogar ihn selbst überrascht, dass er sich zum geistlichen Amt berufen fühlte. Seine Tätigkeit in Promise hatte ihm jedoch bewiesen, dass er den richtigen Beruf gewählt hatte.

Das Büfett war am anderen Ende des Saals aufgebaut und bot eine Auswahl der besten texanischen Hausmannskost. Nachdem Wade das Tischgebet gesprochen hatte, hielt er sich im Hintergrund. Er kümmerte sich darum, dass alles reibungslos ablief und die Besucher mit allem versorgt waren.

»Ich finde«, sagte Louise Powell und nahm ihn zur Seite, »Savannah Smith' Teriyakisalat mit Hühnchen ist ein Hauptgericht und kein Salat. Das ist irreführend für jeden, der auf seine Linie achten muss.«

Louise und ihre Freundin Tammy Lee Kollenborn hatten ihm von Anfang an Schwierigkeiten bereitet, aber er war nicht der Einzige, dem das so erging.

»Ich fürchte, das ist meine Schuld«, wandte er ein und bemühte sich, möglichst bedauernd zu klingen. »Savannah hat ihn auf den Tisch mit den Hauptgerichten gestellt, und ich habe vorgeschlagen, dass er bei den Salaten besser aufgehoben wäre.«

»Ach so.« Missbilligend schürzte Louise die Lippen.

»Das wird mir natürlich nicht noch einmal passieren«, versprach er. »Vielleicht helfen Sie der Frauengruppe nächstes Jahr beim Aufbau des Büfetts. Sicher wissen sie Ihren Rat zu schätzen, wenn es darum geht, was als Salat bezeichnet wird und was nicht.«

»Das werde ich«, erklärte sie mit einem selbstgefälligen Unterton. Dann tätschelte sie ihm die Hand und kehrte zu ihrem Mann zurück.

Am Büfett standen jetzt nur noch einige Nachzügler. Daher nahm Wade sich auch einen Teller und Besteck und stellte sich hinten an.

Suchend sah er sich nach einem freien Platz um. An jedem der runden Tische konnten acht Leute sitzen. Die Royal Heirs, die Seniorengruppe, hatten vier der Tische belegt.

In der Ecke des Saals entdeckte er Elaine Frasier und Glen Patterson mit ihren Freunden. Es gab noch einige freie Plätze, die jedoch bald besetzt sein würden. Er mochte Elaine und Glen und hatte wegen ihrer bevorstehenden Hochzeit bereits drei Beratungsgespräche mit ihnen geführt. Seiner Meinung nach passten die beiden sehr gut zusammen und würden sicher eine glückliche Ehe führen.

Neben ihnen saßen Savannah und Laredo. Dass diese beiden einmal zueinanderfinden würden, hätte er wiederum nie gedacht. Savannah war sehr sanftmütig, eine ganz besondere Frau. Die Liebe zu Laredo hatte sie beide verändert, besonders Savannah. Wenn man sie jetzt, kurz nachdem sie geheiratet hatten, ansah, hatte man den Eindruck, sie würden sich schon seit Jahren und nicht erst seit ein paar Monaten kennen.

Frank Hennessey, der Sheriff von Promise, stellte sich hinter ihm an. »Tolles Festessen, nicht wahr, Reverend?«

»Wie ich schon oft festgestellt habe«, erwiderte Wade, »gibt es in der christlichen Gemeinde in Promise einige der besten Köchinnen in ganz Texas.«

»Ja, das stimmt.« Frank reichte Lydia Boyd einen Teller, bevor er sich selbst einen nahm. Beide waren fast im Rentenalter und miteinander liiert, seit Wade in Promise wohnte, wollten aber offenbar nicht heiraten. Er hatte sie nie nach ihrer Beziehung gefragt, denn es ging ihn nichts an. Er mochte Frank und Lydia und war gern mit ihnen zusammen. Ab und zu ließ er sich von Lydia kulinarisch verwöhnen. Ihr Apfelkuchen war einmalig.

Als er eines von Nell Bishops Kindern durch den Saal laufen sah, entschied er, sich zu Nell zu setzen. Da sie ohne männliche Begleitung zum Fest gekommen war, fühlte sie sich vielleicht wie das fünfte Rad am Wagen, und da er auch allein war, traf es sich gut. Alle wussten, dass sie nicht vorhatte, wieder zu heiraten, also konnte er sich gefahrlos mit ihr unterhalten. Würde er sich zu einer der anderen alleinstehenden Frauen setzen, würden einige Gemeindemitglieder, besonders Louise Powell und Tammy Lee Kollenborn, sofort ihre Schlüsse daraus ziehen.

Nell war also die ideale Tischpartnerin, zumal er sie und ihre Familie mochte und achtete. Er freute sich darauf, den Abend mit ihnen zu verbringen.

Dann stellte er jedoch fest, dass an ihrem Tisch kein Platz mehr frei war.

Er musste sich eingestehen, dass er sich einsam fühlte, denn er war der Einzige, der keinen Tischpartner hatte.

Sogar Grady Weston war in Begleitung erschienen, und Wade freute sich darüber. Er bewunderte Caroline Daniels schon lange. Sie und Grady passten hervorragend zusammen.

Erst als Wade den Tisch mit den Desserts erreicht hatte, entdeckte er einen leeren Platz. Er lächelte, als er daran dachte, dass er schon vorher erwogen hatte, sich genau an diesen Tisch zu setzen. Neben Cal Patterson war noch ein Stuhl frei. Er verstand sich gut mit ihm, obwohl Cal als empfindlich und leicht reizbar galt. Er saß neben seinem Bruder Glen, der ihn jedoch nicht beachtete, weil er seine ganze Aufmerksamkeit Elaine widmete.

»Was dagegen, wenn ich mich zu dir setze?«, fragte Wade.

»Ob ich was dagegen habe?« Cal rutschte ein Stück zur Seite, um ihm Platz zu machen. »Ich freue mich.«

»Das ist eine nette Art, den Jahrestag der Kirche zu feiern, oder?« Wade widmete sich mit großem Appetit seinem Büfettteller.

»Früher habe ich mich immer auf den letzten Samstag im Juli gefreut«, erinnerte sich Cal. »Meine Mutter macht jedes Jahr ihr Spezialrezept, Bohnen in Tomatensoße. Das Rezept wird schon seit mindestens hundert Jahren von Generation zu Generation weitergegeben.«

Wade probierte die Bohnen in Tomatensoße und nickte anerkennend. »Köstlich. Es geht doch nichts über Traditionen.«

»Sie macht sie nur einmal im Jahr, und zwar für das Gemeindeessen.« Da er bereits aufgegessen hatte, schob Cal seinen Stuhl zurück und verschränkte die Arme vor der Brust. Wade folgte seinem Blick. Er sah hinüber zu dem Desserttisch, vor dem Grady und Caroline zusammen mit Savannah und Laredo standen und sich angeregt unterhielten.

»Grady und Caroline geben ein schönes Paar ab, nicht wahr?«, erkundigte Wade sich forschend. Ihm war klar, dass es für Cal nicht leicht war, denn vor einigen Jahren hatte seine Verlobte ihn zwei Tage vor der Hochzeit sitzenlassen und ihn vor der ganzen Stadt bloßgestellt.

Danach hatte er einige lange Gespräche mit Cal geführt und sich mit ihm angefreundet. Seitdem hatte Cal Jennifers Namen jedoch nicht mehr erwähnt, und auch das Thema Ehe schien für ihn tabu zu sein. Wade war mehr als einmal versucht gewesen, ihn daran zu erinnern, dass nicht alle Frauen wie Jennifer waren. Auch wenn es ein Klischee sein mochte, aber die Zeit heilte wirklich alle Wunden. Irgendwann würde Cal sicher wieder mit einer Frau ausgehen.

»Es wird Zeit, dass Grady die Augen aufmacht«, bemerkte Cal lächelnd.

»In Bezug auf Caroline?«

»Ja. Sie schleichen schon seit mindestens einem Jahr umeinander herum. Wenn einer von den beiden nicht bald etwas unternimmt, werde ich sie eigenhändig aneinanderfesseln.«

Wade lachte.

»Immer wenn Grady im Begriff ist, die Initiative zu ergreifen, passiert irgendetwas, und er macht einen Rückzieher.«

In dem Moment rannte die kleine Maggie Daniels vorbei, und Wade hielt sie fest, damit sie nicht mit Nell Bishops Sohn zusammenstieß. »He, du«, sagte er lachend. »Warum so eilig?«

Maggie hielt sich die Hand vor den Mund und kicherte. »Petey hat mich gejagt.«

»Sei vorsichtig, ja?« Er deutete auf die Blumen an ihrem Handgelenk. »Von wem hast du die?«

»Von Grady«, erwiderte sie stolz und betrachtete die weißen und rosafarbenen Nelken. »Manchmal schreit er ziemlich laut.«

»Stört dich das?«

Sie dachte einen Moment lang nach und zuckte schließlich mit den Schultern. »Er hat Mommy auch Blumen gekauft. Sie war ganz überrascht und ich auch. Als sie ihn gefragt hat, warum, hat er gesagt, dass wir beide etwas Besonderes sind.«

»Da hat er recht, du bist etwas ganz Besonderes«, erklärte Wade lächelnd.

Maggie lächelte ebenfalls und entblößte dabei eine Zahnlücke. »Mommy mag Grady«, verkündete sie in einem Tonfall, der erahnen ließ, dass sie Grady doch nicht so schlecht fand.

Nun gesellte sich der sechsjährige Petey Bush zu ihr. »Willst du Händchen halten?«, fragte er sie.

Maggie sah Wade unsicher an. »Nur zu«, ermunterte er sie.

Sie nickte ernst und ging dann Hand in Hand mit Petey weg.

»Es ist traurig, wenn zwei Knirpse leichter einen Partner finden als wir ...«, bemerkte Cal.

Ja, es ist wirklich traurig, dachte Wade.

***

Caroline genoss das Gemeindeessen in vollen Zügen. Was für ein schönes Fest, dachte sie, als sie anschließend zu Gradys Pick-up gingen. Der ganze Abend war wie ein Traum gewesen. Grady und sie waren nicht ein einziges Mal unterschiedlicher Meinung gewesen. Und er hatte Maggie nicht ein einziges Mal angeherrscht. Vielleicht bestand doch noch Hoffnung für sie beide.

Maggie, die im Wagen zwischen ihnen saß, war so müde, dass sie unterwegs einschlief und auch nicht aufwachte, als Grady schließlich vor ihrem Haus hielt. Caroline wollte sie nicht aufwecken.

Ihm ging es offenbar genauso, denn er stellte den Motor ab, machte jedoch keine Anstalten auszusteigen. Nur das fahle Mondlicht erhellte die Nacht.

Keiner von ihnen sagte ein Wort. Sie wünschte, der Abend würde niemals enden.

»Es war sehr schön«, flüsterte sie schließlich.

»Das finde ich auch.«

Zu ihrer Erleichterung öffnete Grady auch jetzt nicht die Wagentür.

»Es war süß von dir, Maggie und mir Blumen mitzubringen.«

»Für mich war es die einzige Möglichkeit, euch zu zeigen, wie sehr …« Er brach ab.

»Wie sehr …?«, hakte sie nach.

»Ich euch beide mag«, beendete er den Satz.

»Tust du das, Grady?«

»Ja.« Er umfasste ihre Wange, und sie schloss die Augen. Genoss das Gefühl seiner rauen Handfläche auf ihrer Haut.

»Meinst du, Maggie wacht auf, wenn ich dich küsse?«, fragte er leise.

Sie war bereit, das Risiko einzugehen. »Wir sollten es darauf ankommen lassen.«

Doch er zögerte. »Heute ist Maggie mir zum ersten Mal nicht aus dem Weg gegangen. Ich möchte, dass es so bleibt.«

»Wenn du mich nicht sofort küsst, werde ich es dir nie verzeihen, Grady Weston!«

Er lachte leise und umfasste ihr Gesicht mit beiden Händen. Wieder schloss Caroline für einen Moment die Augen.

Sie spürte, wie er sich zu ihr herüberbeugte, und kam ihm entgegen. Sein Mund war ihrem so nahe, dass sein Atem über ihre Haut strich. Sie sein Verlangen spüren ließ. Trotzdem zögerten sie beide.

Vermutlich war Grady genauso bewusst, dass zwischen ihnen nichts mehr wie vorher sein würde, wenn sie sich jetzt küssten. Es war mehr als nur ein Kuss. Sie gestanden sich ihre Gefühle füreinander ein, und das machte sie verletzlich.

Caroline wusste nicht, wer von ihnen den ersten Schritt machte, doch schließlich trafen sich ihre Lippen.

Der Kuss war sanft, beinah zaghaft. Grady umfasste ihren Nacken und zog sie zu sich.

Dann küsste er sie wieder, diesmal verlangender. Eine Flut der Empfindungen durchströmte sie. Als er sie losließ, ging sein Atem stoßweise.

»Es tut mir leid, ich …«

Damit Grady nicht alles verdarb, küsste sie ihn schnell auf den Mundwinkel.

Maggie bewegte sich, und sie erstarrten beide. Caroline hoffte inständig, ihre Tochter würde nicht ausgerechnet jetzt aufwachen und damit diesen kostbaren Augenblick zerstören.

»Schläft sie?«, fragte er so leise, dass sie es kaum verstand.

Mit angehaltenem Atem warteten sie einen Moment. Da er keine Anstalten machte, sie noch einmal zu küssen, ergriff Caroline die Initiative und beugte sich zu ihm hinüber. Die starke Anziehungskraft zwischen Grady und ihr überwältigte sie. Es schien, als könnten sie einander nicht nahe genug sein. Doch diesmal dauerte ihr leidenschaftlicher Kuss nicht lange an. Die Vernunft kehrte ernüchternd zurück, und sie lösten sich widerstrebend voneinander. Grady lehnte sich gegen den Sitz, neigte den Kopf nach hinten und seufzte tief.

Caroline schluckte. »Ich bringe Maggie jetzt lieber rein«, flüsterte sie.

»Gut.« Als er die Wagentür öffnete, blendete die Innenraumbeleuchtung sie, und sie war froh, dass er die Tür gleich wieder leise schloss.

Dann kam er um den Wagen herum, half ihr beim Aussteigen und hob Maggie heraus, um sie ins Haus zu tragen. Eigentlich hatte sie das selbst tun wollen, weil sie es gewohnt war. Dass er es übernahm, weckte widersprüchliche Empfindungen in ihr – Dankbarkeit, Erleichterung und sogar ein Gefühl des Verlusts.

Nachdem sie die Tür aufgeschlossen hatte, schaltete sie das Licht auf der Veranda an und führte ihn zu Maggies Zimmer im hinteren Teil des Hauses. Sie schlug die Decke zurück, und er legte Maggie vorsichtig aufs Bett. Dann zog sie ihr die Schuhe aus.

Grady strich Maggie das Haar aus dem Gesicht. Er führte die Hand an die Lippen und legte sie Maggie auf die Stirn. Es war eine so liebevolle väterliche Geste, dass Caroline sich gerührt abwandte.

Kurz darauf folgte er ihr zur Haustür. Sie wollte nicht, dass er ging, traute sich aber nicht, ihn zu bitten, noch zu bleiben.

»Nochmals danke«, flüsterte sie. »Für alles.« Die Haustür stand offen, und von der Veranda fiel Licht herein.

Grady rührte sich nicht.

Langsam blickte Caroline zu ihm auf. Er stand nur wenige Schritte von ihr entfernt und breitete nun die Arme aus. Ohne nachzudenken eilte sie zu ihm. Er umfasste ihre Taille, und sie schlang ihm stürmisch die Arme um den Hals. Wieder küssten sie sich so leidenschaftlich, dass sie ganz weiche Knie bekam und an nichts anderes mehr denken konnte als daran, wie sehr sie Gradys Nähe genoss.

Bis zu diesem Abend war ihr gar nicht bewusst gewesen, wie einsam sie war und wie lang die Nächte sein konnten. In Gradys Armen fühlte sie sich geborgen.

Als er sich von ihr löste, barg sie das Gesicht an seinem Hals.

»Ich könnte dich immer so halten«, flüsterte er.

»Und ich hätte nichts dagegen.« Sie spürte, wie er lächelte.

»Führe mich nicht noch mehr in Versuchung.«

Dass er sie begehrenswert fand, machte sie glücklich. Während er sie an sich gepresst hielt, versuchte sie, die Fassung wiederzugewinnen. Schließlich gab er sie langsam frei und legte ihr sanft die Hände auf die Schultern.

»Ich möchte dich wiedersehen.«

»Ja.«

»Bald.«

Ihr war ganz schwindelig vor Glück. »Gern.«

Dann küsste er sie wieder, als könnte er nicht anders.

»Warum hast du so lange gebraucht?«, fragte sie, als er sich wieder einigermaßen unter Kontrolle hatte.

»Weil ich ein Idiot bin.«

»Dann bin ich wohl auch eine Idiotin.«

»Jetzt nicht mehr.«

»Nein, jetzt nicht mehr«, bestätigte sie.

»Morgen«, schlug er vor. »Länger halte ich es nicht aus.«

»Okay. Wann? Wo?«

»Kannst du zur Ranch kommen?«

»Ja, natürlich. Ich komme nach dem Gottesdienst.«

»Wunderbar«, flüsterte er und küsste sie auf die Nasenspitze. »Perfekt.«

Caroline legte ihm die Arme um die Taille. »Passiert das gerade wirklich oder träume ich?«

»Meine Gefühle sagen mir, dass es wirklich passiert.«

Sie lächelte. Wer hätte es für möglich gehalten, dass in Grady ein Romantiker steckte?

»Was Maggie betrifft ...«

Caroline brachte ihn zum Verstummen, indem sie ihm den Finger auf die Lippen legte. »Mach dir ihretwegen keine Gedanken. Es wird sich schon alles finden.«

»Ich möchte ihr keine Angst einjagen.«

»Ich weiß.«

»Haben ihr die Blumen gefallen?«

Sie küsste ihn aufs Kinn. »Sehr sogar.«

»Und dir?«

»Mehr, als ich sagen kann.« Nun hauchte sie zarte Küsse auf seine Wange und liebkoste sein Ohrläppchen. Sie spürte, wie er heftig erschauerte, und lächelte zufrieden.

»Caroline«, brachte er hervor.

»Führe ich dich wirklich in Versuchung?«

»Ja«, erwiderte er schroff. »Du ahnst gar nicht, wie sehr.«

Doch, das tat sie. »Küss mich noch einmal. Dann kannst du gehen.«

Grady zögerte. Schließlich umfasste er ihr Gesicht und presste die Lippen auf ihre. Diesmal teilten sie nicht nur ihr Verlangen in diesem Kuss. Da war noch mehr. Freude. Darüber, dass sie endlich zueinandergefunden hatten. Es fühlte sich an wie eine Erlösung. Sie hatten so viel Zeit verschwendet.

Savannah hatte schon lange versucht, ihr klarzumachen, dass sie Grady brauchte und er sie. Und sie wusste, dass ihre Freundin auch auf Grady eingewirkt hatte. Savannah hatte sogar zugegeben, dass sie versuchte, sie miteinander zu verkuppeln, und frustriert war, weil ihre Bemühungen bisher erfolglos geblieben waren.

Obwohl Caroline sich schon immer zu Grady hingezogen gefühlt hatte, war sie verunsichert gewesen, weil sie glaubte, noch nicht so weit zu sein. Sie war bereits einmal zutiefst verletzt worden, und jahrelang hatte sie Angst davor gehabt, wieder jemanden zu lieben und jemandem zu vertrauen.

Doch insgeheim hatte sie immer gewusst, dass Grady sie niemals im Stich lassen würde. Er nicht. Er war wie ein Fels in der Brandung.

Sein Abschiedskuss war leidenschaftlich und lang.

Es dauerte einen Moment, bis Maggies Stimme an ihr Ohr drang.

»Mommy! Mommy!«

Grady stöhnte und löste sich widerstrebend von Caroline.

Als sie sich umdrehte, sah sie, dass Maggie auf der Türschwelle stand und sich die Augen rieb. »Was ist, mein Schatz?«

Maggie ignorierte die Frage und funkelte Grady wütend an. »Was machst du mit meiner Mommy?«

4. Kapitel

Der Sonntag war der einzige Tag, an dem sie ausschlafen konnte. Doch es war noch nicht einmal sechs Uhr, und sie war hellwach. Jane Dickinson schlug die Decke zurück, zog ihren Bademantel über und ging barfuß in die Küche.

»Texas«, sagte sie dabei leise vor sich hin. Wer hätte gedacht, dass sie einmal hier landen würde? Nichts schien weiter entfernt vom Trubel in Los Angeles als das texanische Hügelland.

Sie hatte sich wirklich bemüht, sich in der Kleinstadt einzuleben, aber sie war todunglücklich. In drei Monaten hatte sie nicht eine Freundin gefunden. Sicher, sie hatte mittlerweile viele Bekannte, aber keine richtigen Freunde. Noch nie zuvor hatte sie ihre Freunde und ihre Familie so vermisst. Und all das nur wegen ihres Studienkredits. Sie hatte sich verpflichtet, drei Jahre in Promise zu arbeiten, um so das Darlehen abzubezahlen.

Vielleicht sollte sie einfach zugeben, dass es ein Fehler gewesen war, ihre Sachen packen und aus dieser gottverlassenen Stadt verschwinden. Doch ihr war klar, dass sie das eigentlich nicht wollte. Sie wollte hier Anschluss finden.

Die Leute aus Promise schienen sie als kompetente Ärztin zu akzeptieren. Doch sie kamen nur zu ihr in die Sprechstunde, wenn es sich nicht vermeiden ließ – wenn sie ein neues Rezept brauchten oder sich beispielsweise eine starke Erkältung oder eine Verstauchung zugezogen hatten, die sich mit Hausmitteln nicht behandeln ließ. Ihr größter Fehler war, dass sie nicht Dr. Cummings war. Nach fast fünfzig Jahren hatte sich der Allgemeinarzt in den wohlverdienten Ruhestand begeben. Die Einwohner von Promise kannten ihn und vertrauten ihm. Sie hingegen galt als Außenseiterin, als Zugezogene. Trotz ihrer bisherigen Berufserfahrung musste sie erst noch das Vertrauen der Leute gewinnen.

Zurückgewiesen zu werden war für sie eine ganz neue Erfahrung, und Jane war frustriert und fühlte sich hilflos. Während des Studiums hatte sie beim Joggen immer am besten abschalten und ihre Gedanken ordnen können. Doch seit sie in Promise lebte, war sie überhaupt nicht mehr gelaufen. Entschlossen machte sie sich auf die Suche nach ihren Laufschuhen und rief sich dabei ins Gedächtnis, dass sie freiwillig hierhergekommen war. Sie war entschlossen, die Sache durchzustehen.

In hellgelben Nylonshorts und einem dazu passenden Top lief sie in gemäßigtem Tempo los, die dreispurige Straße entlang. Die Stadt war eigentlich ganz hübsch. Hier wurden alte Traditionen gepflegt, und es gab viele interessante Leute. Die meisten waren Rancher. Bodenständige, fleißige Familienmenschen. Deswegen war ihre Situation ja auch so schwer nachzuvollziehen. Die Leute waren, so schien es, zu jedem offen und freundlich, nur nicht zu ihr.

Jane bog in die Maple Street ein. Bei der Post bog sie wieder ab und lief die Hauptstraße entlang. Einige Wagen parkten vor dem Bowlingcenter, das am Wochenende rund um die Uhr geöffnet hatte. Die Leute kamen allerdings weniger zum Bowlen hierher, sondern in erster Linie um zu essen, denn in dem dazugehörigen Café gab es fantastischen Kuchen und hervorragenden Kaffee zu erschwinglichen Preisen.

Schweißperlen liefen Jane an den Schläfen herunter. Sie war kaum eine Meile gelaufen und merkte, dass es um ihre Kondition schlecht bestellt war. Später würde sie Muskelkater bekommen, aber das war ihr egal. Schon jetzt ging es ihr etwas besser.

Schließlich bog sie in die Baxter Street ein und lief an dem Antiquitätengeschäft vorbei, das Lydia Boyd gehörte. Lydia wohnte in einem Backsteinhaus um die Ecke. Obwohl es noch früh war, stand sie bereits mit der Gießkanne in der Hand in ihrem großen Gemüsegarten.

Jane hatte ihren Garten schon oft bewundert. Die Stangenbohnen waren fast zwei Meter hoch, die Tomaten tiefrot und die Zucchini riesengroß.

»Morgen!«, rief Jane.

Lydia lächelte und hob die Hand zum Gruß.

Jane lief in flottem Tempo weiter, doch dann wurde ihr klar, dass es ihr schon wieder passiert war. Egal. Sie hatte noch nie sofort aufgegeben und würde es auch jetzt nicht tun.

Lydia wirkte überrascht, als sie Jane zurückkommen sah.

Jane blieb vor dem Zaun stehen und bückte sich, weil sie ganz aus der Puste war. »Hallo«, sagte sie, als sie wieder normal atmen konnte.

Lydia goss weiter ihre Pflanzen. »Schöner Tag heute, nicht wahr?«

»Wunderschön«, bestätigte Jane. Langsam richtete sie sich auf und beobachtete, wie Lydia ihren Weg fortsetzte und dabei hier und da an einer Pflanze herumzupfte und Unkraut ausriss.

»Haben Sie einen Moment Zeit, Ms. Boyd?«, fragte sie und stützte sich auf den weißen Palisadenzaun.

Lydia drehte sich um und sah sie erstaunt an. »Was kann ich für Sie tun, Dr. Dickinson?«

»Zuerst einmal, nennen Sie mich bitte Jane.«

»Also gut, Jane.«

Obwohl Lydias Tonfall freundlich war, spürte Jane dieselbe Zurückhaltung wie bei den anderen Leuten.

»Was mache ich falsch?«, platzte sie heraus.

»Falsch?« Lydia stellte die Gießkanne ab.

»Was stimmt mit mir nicht?«

»Ich glaube nicht, dass etwas mit Ihnen nicht stimmt«, erwiderte Lydia sichtlich verwirrt. »Wie kommen Sie darauf?«

Jane wusste nicht, wie sie es ihr erklären sollte, ohne überheblich oder wehleidig zu klingen. Aber sie musste es versuchen.

»Warum stehe ich auf dieser Seite des Zauns und Sie auf der anderen?« Sie ging auf dem Fußweg auf und ab. »Warum muss ich die anderen immer als Erste grüßen? Die Leute mögen mich nicht, und ich möchte den Grund dafür wissen.«

Lydia hob einen Finger an die Lippen und runzelte die Stirn. »Sie haben mich zuerst gegrüßt, stimmt's?«

»Ja, aber es geht mir nicht nur mit Ihnen so. Alle verhalten sich mir gegenüber so … abweisend.« Jane verstummte, weil sie im Begriff war, die Fassung zu verlieren. »Ich möchte wissen, warum.«

»Du meine Güte, das kann ich Ihnen nicht sagen! Es war mir nie bewusst.« Lydia kam zur Pforte und öffnete sie. »Kommen Sie rein, meine Liebe, dann können wir in Ruhe darüber reden.«

Nun konnte sie keinen Rückzieher mehr machen. Zu allem Übel spürte sie, dass sie den Tränen nahe war.

»Setzen Sie sich, und machen Sie es sich bequem.« Lydia deutete auf die schmiedeeisernen weißen Verandamöbel. »Ich setze inzwischen Tee auf. Ich weiß nicht, wie es Ihnen geht, aber ich kann besser nachdenken, wenn ich etwas Heißes zu trinken habe.«

»Ich … Danke«, erwiderte Jane zerknirscht. Solange Lydia in der Küche war, hatte sie Gelegenheit, sich zu sammeln.

Bald darauf kehrte Lydia mit einer Kanne Tee, zwei Tassen und einem Teller Scones auf einem Tablett zurück. Sie stellte das Tablett auf den Tisch, schenkte Tee ein und reichte Jane eine Tasse.

»So«, sagte sie dann, »lassen Sie uns miteinander reden.« Sie setzte sich ebenfalls und lehnte sich zurück. »Erzählen Sie mir, was Ihnen in Promise noch Probleme bereitet.«

Jane wusste nicht genau, wie sie anfangen sollte. »Ich habe das Gefühl, dass … dass die Leute mich nicht mögen.«

»Unsinn«, konterte Lydia. »Wir kennen Sie gar nicht gut genug, um Sie zu mögen oder nicht.«

»Stimmt, niemand kennt mich. Ich brauche eine Freundin«, fügte Jane schulterzuckend hinzu.

»Freunde brauchen wir alle. Aber vielleicht sollten Sie den Leuten Gelegenheit geben, Sie besser kennenzulernen.«

»Das habe ich doch versucht«, verteidigte sie sich.

Lydia runzelte nachdenklich die Stirn. »Nennen Sie mir ein Beispiel.«

Das war kein Problem. Ihr fielen auf Anhieb viele Beispiele ein. »Die Party für Richard Weston«, erwiderte sie. Es war das erste gesellschaftliche Ereignis in Promise, an dem sie teilgenommen hatte. Richard hatte sie auf der Straße getroffen und zu der Party eingeladen. Obwohl sie sich darauf gefreut hatte, war der Abend ein Reinfall gewesen, denn sie hatte die ganze Zeit allein herumgestanden.

Als neue Ärztin im Ort war sie natürlich Gegenstand zahlreicher Spekulationen. Der kurze Zeitungsartikel, der in jener Woche erschienen war, hatte natürlich noch dazu beigetragen. Auf der Party hatten die Leute sie angestarrt, einige hatten sie gegrüßt und ihr ein paar Fragen gestellt, sich dann jedoch wieder entfernt. Richard hatte kaum Notiz von ihr genommen. Da sie sich wie ein ungeladener Gast gefühlt hatte, war sie auch nicht lange geblieben.

»Ja, Sie waren da, richtig?«, meinte Lydia.

»Ja.«

»Sie hatten ein Kostüm und High Heels an, wenn ich mich recht entsinne.«

»Ich habe sofort gemerkt, dass mein Outfit völlig unpassend war«, gestand Jane. Damals hatte sie möglichst professionell wirken wollen, weil sie neu in der Stadt war und einen guten Eindruck hinterlassen wollte.

»Und zum Tanzabend sind Sie in Cowboyhemd und Jeans gekommen.«

»Ich wusste nicht, dass es ein formeller Anlass ist.« Auch dort war sie nicht lange geblieben. »Ich wusste nicht, was ich anziehen soll«, gestand sie. »Aber woher hätte ich es auch wissen sollen?«

Lydia nickte.

»Am 4. Juli bin ich auch zum Willie-Nelson-Picknick gekommen, aber niemand hat mir gesagt, dass Willie Nelson gar nicht da sein würde.« Auch das war eine herbe Enttäuschung für sie gewesen.

Lydia kicherte und schüttelte den Kopf. »Der Stadtrat lädt ihn schon seit neun Jahren ein, und bisher hat er jedes Mal höflich abgesagt. Aber wir lassen uns davon nicht abhalten. Schließlich kommt er aus dieser Gegend!«

»Man hätte es mir doch sagen können.«

»Nächstes Jahr wissen Sie Bescheid.«

Falls ich dann überhaupt noch hier bin, dachte Jane. »Was hat es eigentlich mit dieser Geisterstadt auf sich?«, erkundigte sie sich.

Lydia kniff die Augen zusammen. »Wer hat Ihnen erzählt, dass es eine Geisterstadt gibt?«

»Ich habe gehört, wie zwei Kinder darüber gesprochen haben.«

»Ach, das sind nur Gerüchte. Vergessen Sie die am besten wieder.«

»Gibt es sie denn?«

»Das tut nichts zur Sache«, erwiderte Lydia bestimmt, aber nicht unfreundlich. »Wir haben wichtigere Dinge zu besprechen.«

»Zum Beispiel?«

»Sie haben recht«, erklärte Lydia energisch. »Sie brauchen eine Freundin. Jemanden in Ihrem Alter.« Nachdenklich fasste sie sich ans Kinn. »Sie würden sich bestimmt mit Elaine Frasier verstehen. Leider steckt Elaine gerade mitten in ihren Hochzeitsvorbereitungen. Sie müssen also etwas Geduld haben.«

»Oh«, sagte Jane leise.

»Bis dahin werden wir beide alle Hände voll zu tun haben.«

»Was meinen Sie damit?«

»Wir müssen herausfinden, was mit den Leuten in dieser Stadt nicht stimmt. Weshalb sie sich Ihnen gegenüber so reserviert verhalten. An Ihnen liegt es jedenfalls nicht, Jane. Es liegt an den anderen, und ich werde herausfinden, was es ist.«

***

»Hier kann ich mich wie zu Hause fühlen«, verkündete Richard laut. Er stand auf der unbefestigten Straße, die durch die Geisterstadt führte. »Bitter End, Texas«, fuhr er fort, »Einwohnerzahl: eins.« Sein Lachen hallte von den Häuserwänden wider.

Er hakte die Daumen in die Gürtelschlaufen seiner Jeans und schritt die Straße entlang, als würde sie ihm gehören. Und im Grunde tat sie das auch.

Vorerst würde Bitter End sein Zuhause sein. Er war stolz darauf, sich einen so guten Zufluchtsort ausgesucht zu haben. Wie lange er hierbleiben musste, wusste er noch nicht genau. Ein Mann auf der Flucht hatte nicht viele Möglichkeiten.

Er hatte sich in Promise zu sehr auf sein Glück verlassen, und nun war es Zeit, weiterzuziehen und sich wieder zu verstecken. Allerdings würde hier niemand nach ihm suchen. Er hatte einen sechsten Sinn dafür, wann er aus einem Ort verschwinden musste. Sein Instinkt hatte ihn bisher vor dem Gefängnis bewahrt.

Richard stieß die Spitze seines Schlangenlederstiefels

in den trockenen, harten Boden. Er war ohne einen Cent in der Tasche nach Promise gekommen und hatte Angst gehabt, dass das Gesetz – oder noch Schlimmeres – ihm auf den Fersen wäre. Er hatte sich spontan entschieden, nach Promise zu fahren, als er eines Morgens außerhalb von El Paso aufgewacht und ohne Geld dort festgesessen hatte. Also war er ins Landesinnere von Texas getrampt.

Bisher hatte er immer Glück im Leben gehabt. Kurz nach seiner Ankunft hatte er erfahren, dass Savannah Bitter End entdeckt hatte, und genau gewusst, was er zu tun hatte.

Nach und nach war es ihm gelungen, Vorräte und andere Dinge, die er brauchte, beiseitezuschaffen und nach Bitter End zu bringen. Zuerst waren es nur Kleinigkeiten gewesen, selten benutzte Gegenstände, die niemand so schnell vermissen würde. Dann hatte er sich auf teurere Sachen verlegt. Doch er war dabei sehr clever vorgegangen.

Insgeheim gratulierte er sich zu seinem Geschick, während er die Stufen zu dem hölzernen Bürgersteig hochstapfte. Er setzte sich auf den Schaukelstuhl, den er in einem der Häuser gefunden hatte, und ließ den Blick über die Stadt schweifen. Sein Reich.

Verdammt, habe ich ein Glück, dachte er. Sein Plan war aber auch genial gewesen. Er hatte irgendwelche unsinnigen Dinge wie Ersatzteile für Traktoren auf Gradys Rechnung gekauft und diese Dinge später bei einem anderen Mitarbeiter zurückgegeben. Das Guthaben hatte er dann für Sachen verwendet, die er wirklich benötigte.

»Jetzt habe ich alles, was ich brauche«, sagte er laut, faltete die Hände im Nacken und lehnte sich zurück. »Danke, Grady.«

Dann wurde er wieder ernst, als er daran dachte, dass er sich all das hätte sparen können, wenn es mit Elaine Frasier anders gelaufen wäre. Glen Patterson hatte seine Illusionen jedoch zunichtegemacht.

Richard begriff beim besten Willen nicht, wie sie diesen Cowboy ihm vorziehen konnte. Elaine hatte eben keinen Geschmack. Zuerst hatte er vorgehabt, sie wegen des Geldes zu heiraten, das ihr Vater ihr hinterlassen hatte, und anschließend damit die Stadt zu verlassen.

Doch als er Elaine besser kennengelernt hatte, hatte er mit dem Gedanken gespielt, in Promise zu bleiben und vielleicht sogar für das Amt des Bürgermeisters zu kandidieren. Womöglich wäre es ihm gelungen, noch einmal ganz von vorn anzufangen. Aber das war nun leider hinfällig.

Richard stand auf und warf einen Blick auf die Zeitanzeige seines Handys. Da er sich noch nicht endgültig nach Bitter End abgesetzt hatte, durfte er keinen Verdacht erregen, indem er zu lange wegblieb.

Er machte sich auf den Rückweg zu der Stelle, an der er den Pick-up geparkt hatte. Nach mehreren gescheiterten Versuchen hatte er einen neuen, kürzeren Weg in die Stadt gefunden.

Hinter ihm heulte der Wind. Es klang unheimlich, und Richard schauderte.

Natürlich wurde behauptet, dass es in Bitter End

spukte. Einmal hatte er Elaine mit hergebracht, doch sie hatte die Stadt gar nicht schnell genug wieder verlassen können, weil die Atmosphäre so bedrückend gewesen sei. Seine Schwester hatte dieses Gefühl auch gehabt.

Er empfand das nicht so, zumindest hatte er es nicht, bis zu diesem Moment. Der Wind nahm zu und blies ihm in den Rücken, während er die Hauptstraße entlangging.

»Ich höre nichts, und ich fühle nichts«, sagte er laut.

Diese seltsame Empfindung, oder was immer es auch sein mochte, ließ erst nach, als er wieder in dem schäbigen Pick-up seines Bruders saß und die Türen verriegelt hatte. Wahrscheinlich hatte er zu viele Gruselfilme gesehen.

Als er losfuhr, kam ihm ein anderer Gedanke.

Caroline Daniels.

Er interessierte sich gar nicht für sie, aber er wusste, dass er sie haben konnte, wenn er wollte. Sein Bruder war vernarrt in sie, das merkte man ihm an. Und Richard hätte ihm nur zu gern dazwischengefunkt.

Obwohl Grady genauso viel Charisma wie eine überreife Tomate hatte, war er derjenige, der im gemachten Nest saß und ein unbeschwertes Leben führte, während Richard sich den Kopf darüber zerbrechen musste, woher er seine nächste Mahlzeit nehmen sollte. Manche Dinge im Leben waren einfach nicht fair, und daher war es nur richtig, wenn er ein wenig nachhalf.

»Du weißt gar nicht, wie gut du es hast, großer Bruder«, sagte er. Es würde nicht allzu schwer sein, ihm Caroline auszuspannen, zumal ihre Tochter ganz verrückt nach ihm war. Die meisten Leute maßen der Meinung ihrer Kinder viel Bedeutung bei – und das spielte ihm nur allzu gut in die Karten. Auch wenn ihn die Meinung irgendwelcher Kinder kein bisschen interessierte, konnte er sie wunderbar benutzen, um ihre Eltern zu manipulieren.

Maggie war ein Paradebeispiel dafür. Sie mochte ihn lieber als Grady, und das war ein großer Pluspunkt für ihn. Aus Caroline wurde er hingegen nicht schlau. Die Art, wie sie ihn ansah, gefiel ihm nicht.

Was ihm am meisten Spaß machte, war, seinen Bruder auszustechen, nur leider machte dieser es ihm zu leicht. Armer alter Grady – würde er denn nie dazulernen? Richard lächelte selbstgefällig. Wenn er in der Nähe war, hatte Grady nicht die geringste Chance bei Frauen.

***

Grady war aufgeregt wie ein Schüler vor dem Schulball, der ein Date mit der Ballkönigin hatte. Um am Morgen mit seinen Aufgaben rechtzeitig fertig zu werden, musste er früher aufstehen – doch das war es allemal wert. Er schaffte es, und als er sich zwei Minuten vor Beginn des Gottesdienstes auf die Kirchenbank setzte, schauten ihn Wade, Savannah und Laredo gleichermaßen überrascht an.

Dass er nicht gekommen war, um sich die Predigt anzuhören, würde Gott ihm hoffentlich verzeihen. Er war hier, um Caroline zu sehen, die im Chor sang.

Nach den Küssen am gestrigen Abend schwebte er immer noch wie auf Wolken. Selbst dass Maggie sie unterbrochen hatte, hatte ihm den Abend nicht verdorben. Da er nicht richtig wusste, wie er reagieren sollte, hatte er es Caroline überlassen, ihrer Tochter alles zu erklären, und sich kurz darauf verabschiedet.

Sie hatte ihm versprochen, am Nachmittag zur Ranch zu kommen.

Das war in wenigen Stunden.

Da Wade McMillen seine Predigt mit humorvollen Bemerkungen und Anekdoten spickte, verging der Gottesdienst wie im Flug.

Anschließend stand der Pfarrer am Ausgang der Kirche, um seine Gemeindemitglieder persönlich zu verabschieden. »Schön, Sie hier zu sehen, Grady.« Er schüttelte ihm herzlich die Hand. »Aber ich habe den Eindruck, dass es nicht meine Predigt war, die Sie interessiert hat.«

Grady murmelte eine unverbindliche Antwort. Wade entging wirklich nichts.

»Offenbar entwickeln sich die Dinge zwischen Caroline Daniels und Ihnen sehr gut«, meinte der Pfarrer.

Grady verspannte sich, denn er hatte keine Lust, hier über seine Privatangelegenheiten zu sprechen.

Wade merkte es anscheinend, denn er klopfte ihm auf den Rücken und lachte. »Schon gut, ich habe Sie lange genug aufgehalten.« Dann wandte er sich jemand anderem zu.

Während Grady draußen wartete, hielt er nach Caroline Ausschau. Sie wechselte ebenfalls ein paar Worte mit dem Pfarrer und lächelte ihm schüchtern zu, als sie ihn bemerkte. Schließlich verabschiedete sie sich und kam zu ihm herüber.

»Hallo«, sagte er, denn etwas Besseres fiel ihm nicht ein.

»Hallo.« Sie klang etwas atemlos.

»Konntest du Maggie gestern Abend beruhigen?«, erkundigte er sich besorgt.

»Sie versteht es.«

»Aber ist sie auch damit einverstanden?«

Caroline mied seinen Blick. Das sagte alles. »Ich frage Maggie nicht, wen ich küssen darf.«

Er atmete langsam aus. Er wollte etwas sagen, brachte jedoch kein Wort über die Lippen, sondern sah sie nur an. Sie war so hübsch, dass er keinen klaren Gedanken fassen konnte. Es musste an ihren dunkelbraunen Augen liegen. Nein, verbesserte er sich dann, es ist ihr Haar. Er erinnerte sich genau daran, wie weich es sich angefühlt hatte, als er sie geküsst hatte. Er erinnerte sich noch an sehr viel mehr …

»Fährst du heute Nachmittag nun zu Savannah?«, erkundigte er sich schließlich.

»Nein.«

Grady verspürte einen Stich der Enttäuschung. »Aber ich dachte …«

»Ich komme zu dir.«

Sofort schlug sein Herz schneller.

Bevor er etwas entgegnen konnte, gesellte Maggie sich zu ihnen. »Hallo, Grady.« Sie klammerte sich an den Arm ihrer Mutter und blickte mit gerunzelter Stirn zu ihm auf.

»Hallo, Maggie. Ich habe gehört, dass du heute Nachmittag auf die Ranch kommst.«

Maggie schwieg und schmiegte sich an ihre Mutter.

»Hat Savannah dir von dem neugeborenen Fohlen erzählt?«

Sie nickte.

»Es ist erst ein paar Tage alt, aber sehr hübsch. Bestimmt möchtest du es dir ansehen.«

Wieder nickte sie.

Grady wandte sich an Caroline. »Glaubst du, Maggie ist alt genug, um sich das Fohlen anzusehen?«

»Ich darf doch, oder, Mommy?« Flehend blickte die Kleine zu ihrer Mutter auf.

»Von mir aus gern, wenn du bei Grady bleibst.«

»Das mach ich«, versprach Maggie.

»Es ist ein kleiner Hengst, und er braucht noch einen Namen«, erklärte er. »Vielleicht kannst du uns dabei helfen, einen zu finden.«

Sie machte große Augen. »Darf ich?«

»Du solltest ihn dir erst mal ansehen und ihn streicheln, dann fällt dir bestimmt ein passender Name ein.«

»Das ist nett von dir, Grady«, sagte Caroline.

Zusammen gingen sie zum Parkplatz. »Wann kommst du nachher?«, fragte Grady.

»Maggie muss erst etwas essen und dann Mittagsschlaf machen.«

»Sie kann doch mit uns essen – du natürlich auch – und dann auf der Ranch schlafen. Savannah passt sicher gern auf sie auf.« Vermutlich würde seine Schwester ihm den Hals umdrehen, weil er sie vorher nicht gefragt hatte, aber das war ihm in diesem Augenblick egal. »Und in der Zeit könnten wir beide vielleicht …« Er verstummte, denn ihm fiel beim besten Willen nichts ein.

»Einen Ausritt machen«, schlug Caroline vor. »Ich leihe mir von Savannah Jeans.«

Es dauerte einen Moment, bis er begriff, was ihre Worte bedeuteten. »Ihr kommt also mit? Toll!«

Maggie zupfte sie am Ärmel. »Fahren wir jetzt zu Savannah?«

»Sieht so aus«, erwiderte Caroline.

Begeistert klatschte ihre Tochter in die Hände.

»Also bis gleich.« Caroline öffnete Maggie die Autotür, und diese sprang in den Wagen.

Grady wiederum zog für Caroline die Fahrertür auf. »Fahr vorsichtig.«

Sie versprach es und stieg ebenfalls ein.

Er blickte ihr nach, und als er sich schließlich umdrehte, merkte er, dass einige Leute ihn neugierig betrachteten. Besonders Edwina und Lily Moorhouse beobachteten ihn aufmerksam.

Die beiden Schwestern waren pensionierte Lehrerinnen und wirkten genauso sittsam wie zwei Schulmeisterinnen aus dem neunzehnten Jahrhundert. Sie lächelten ihm beifällig zu, bevor sie die Köpfe zusammensteckten und aufgeregt tuschelten. Da er früher einmal Unterricht bei ihnen gehabt hatte, erinnerte er sich noch genau daran, wie schnell sie reden konnten.

Doch es störte ihn nicht, dass sie offensichtlich über ihn tratschten, denn er würde den Nachmittag mit der Frau verbringen, die ihm seit Monaten nicht mehr aus dem Kopf ging. Der Frau, von der er seit Monaten träumte.

***

Grady traf wenige Minuten nach Caroline auf der Yellow Rose Ranch ein. Sie war in der Küche und half Savannah bei der Zubereitung des Essens. Als er hereinkam, verharrte sie mitten in der Bewegung und sah sich um.

»Hast du Maggie gesehen?«

»Maggie?« Er schüttelte den Kopf.

»War sie nicht auf der Veranda?«

»Nicht dass ich wüsste.« Er warf einen Blick nach draußen, doch das kleine Mädchen war nirgends zu sehen.

»Ich habe gesagt, sie soll auf der Veranda bleiben.« Caroline seufzte. Dann legte sie die Tomate weg, die sie gerade klein schnitt, und griff nach einem Handtuch.

»Eben war sie noch hier und hat eine Karotte geholt«, erklärte Savannah.

»Wahrscheinlich ist sie in den Stall gegangen, um sich das neugeborene Fohlen anzusehen«, meinte Grady zerknirscht.

»Das glaube ich nicht«, sagte Caroline leise. »Sie weiß, dass es bei den Pferden gefährlich ist.«

»Keine Sorge, sie kann noch nicht lange da sein«, beruhigte Savannah sie.

»Ich hole sie«, bot Grady an. Bei der Gelegenheit wollte er Maggie zeigen, dass er genauso nett und charmant sein konnte wie Richard.

»Macht es dir wirklich nichts aus?«, erkundigte sich Caroline.

»Nein.« Pfeifend ging er in den Stall, wo es im Vergleich zu draußen relativ dunkel war. Es dauerte einen Moment, bis seine Augen sich an das schummrige Licht gewöhnt hatten.

»Maggie!«, rief er.

Keine Antwort.

»Maggie!«, versuchte er es noch einmal.

Plötzlich hörte er ein leises Geräusch. Unvermittelt drehte er sich um. Es kam aus Widowmakers Box. Als er einen Blick hineinwarf, blieb ihm fast das Herz stehen. Maggie drückte sich an die Wand und war aschfahl im Gesicht.

Genau in dem Moment schlug der Hengst aus und verfehlte sie nur knapp.

5. Kapitel

Grady musste schnell handeln, wenn er verhindern wollte, dass Maggie ernsthaft verletzt wurde. Widowmaker schnaubte und scharrte mit den Hufen. Ohne zu zögern riss Grady die Boxentür auf, packte Maggie und brachte sie aus der Gefahrenzone.

Sie schrie auf, und mit klopfendem Herzen presste er sie an sich und versuchte, sie zu beruhigen. Doch es gelang ihm nicht. Genauso wenig, wie seine eigene Angst zu unterdrücken.

Im nächsten Moment schwang die Stalltür auf, und Savannah und Caroline kamen angerannt.

»Mommy! Mommy!«

Grady setzte Maggie ab, die daraufhin zu ihrer Mutter lief. Offenbar konnte sie ihm gar nicht schnell genug entkommen. Hysterisch schluchzend fiel sie Caroline in die Arme.

»Was ist passiert?«, fragte Savannah erschrocken.

»Maggie ist in Widowmakers Box gelaufen«, erklärte er. Seine Knie waren so weich, dass er sich auf einen Strohballen setzen musste.

»Du meine Güte«, flüsterte seine Schwester und ließ sich neben ihm auf den Ballen sinken. »Ist sie verletzt?«

»Ich glaube nicht.«

Caroline sah ihn fragend an, doch es war unmöglich, Maggies Schluchzen zu übertönen.

»Und was ist mit dir?«, erkundigte sich Savannah. »Er hat dich doch nicht getreten, oder?«

»Mir geht es gut.« Das stimmte allerdings nicht ganz. Allein Maggie in der Box zu sehen hatte ihn wohl fünf Jahre seines Lebens gekostet. Er mochte gar nicht daran denken, was hätte passieren können, wenn er nicht rechtzeitig dort gewesen wäre.

Caroline verließ mit Maggie auf dem Arm das Stallgebäude, und Savannah und Grady folgten ihr. Während seine Schwester im Haus verschwand, blieb er draußen, denn er wusste nicht, wie er sich verhalten sollte. Er wartete auf ein Zeichen von Caroline, die mit Maggie im Arm auf der Verandatreppe saß. Das Gesicht an der Schulter ihrer Mutter geborgen, schluchzte die Kleine immer noch hemmungslos. Nun begann Caroline, sie sanft hin- und herzuwiegen und dabei leise zu singen.

Grady zog ihr den Schaukelstuhl heran, und sie warf ihm einen dankbaren Blick zu, als sie sich mit Maggie hineinsetzte. Schließlich hörte sie auf zu singen und sprach leise mit ihrer Tochter. Sie versicherte ihr, alles sei gut und sie brauche keine Angst mehr zu haben.

Unterdessen ging er vor der Veranda auf und ab. Als Maggie sich wieder einigermaßen beruhigt hatte, blickte sie sich um.

»Hallo, Prinzessin«, sagte er. So hatte sein Vater Savannah immer genannt. Und in seinen Augen passte der Name zu Maggie. »Ist alles in Ordnung?«

Prompt brach sie wieder in Tränen aus und barg das Gesicht an Carolines Schulter.

»Was habe ich gesagt?«, fragte Grady verwirrt. Er hatte gehofft, sie würde ihn nun als Helden betrachten, doch das war offenbar nicht der Fall.

»Sie ist verlegen«, erklärte Caroline.

»Verlegen?«, rief er, ohne daran zu denken, dass er Maggie damit wieder Angst machen würde. Und tatsächlich schmiegte sie sich noch dichter an ihre Mutter.

Savannah öffnete die Fliegentür und trat auf die Veranda. »Das Essen ist fertig, falls jemand Hunger hat«, verkündete sie.

Ihm war der Appetit vergangen. In ihm brodelten die widersprüchlichsten Gefühle. Er war wütend und erleichtert, frustriert, verwirrt und glücklich zugleich.

»Ich glaube, es ist das Beste, wenn ich Maggie nach Hause bringe«, entschied Caroline.

»Nein«, protestierte er. »Ich meine, du musst natürlich tun, was du für das Beste hältst, aber …«

»Na gut«, lenkte sie ein. »Mal sehen, ob ich sie beruhigen kann.« Sie begann wieder, leise zu summen und Maggie hin- und herzuwiegen.

Grady setzte sich auf die oberste Stufe und bewunderte, wie einfühlsam sie mit ihrer Tochter umging. Und ihr besänftigender Gesang beruhigte auch ihn. Niemand schien es zu merken, aber ihn hatte das Ganze ebenfalls ziemlich mitgenommen. Rocket setzte sich zu ihm und legte den Kopf auf seinen Schoß. Der alte Hund hatte seinem Vater gehört und ihn nach dem Tod seiner Eltern oft getröstet.

Als Maggie irgendwann einschlief, stand Grady leise auf und machte es sich in dem anderen Schaukelstuhl bequem.

»Danke«, flüsterte Caroline und drückte seine Hand. »Ich mag gar nicht daran denken, was passiert wäre, wenn du Maggie nicht rechtzeitig gefunden hättest. Ich werde später mit ihr reden, aber ich glaube nicht, dass sie so etwas noch einmal macht. Ich glaube, ich habe sie noch nie so verängstigt erlebt.«

»Ich hatte auch schreckliche Angst«, gestand er.

Sie schloss die Augen, und es fiel ihm schwer, sie nicht anzustarren.

»Geh ruhig rein und iss«, sagte sie schließlich. »Ich bleibe noch eine Weile hier.«

»Ich habe keinen Hunger.« Er wünschte, er könnte sie zum Bleiben überreden.

»Das alles tut mir leid, Grady.«

Er machte eine wegwerfende Geste.

»Ich hatte mich so auf den Ausritt mit dir gefreut«, fügte sie hinzu.

Betont lässig zuckte er mit den Schultern. »Das können wir ein andermal nachholen.«

Caroline strich Maggie das Haar aus dem Gesicht. »Ich fahre wohl besser nach Hause.«

Wieder schwang die Fliegentür auf, und Savannah erschien auf der Schwelle. »Möchtest du Maggie in mein Bett legen?«, fragte sie. »Ich habe ein Auge auf sie, dann könnt ihr beide …« Sie verstummte.

Caroline schüttelte den Kopf. »Maggie hat sich fürchterlich erschreckt, und sie weiß, dass sie etwas Falsches getan hat. Ich muss mit ihr reden, und das tue ich lieber zu Hause.«

»Ich bringe dich zum Wagen«, sagte Grady. Er stand auf und schob die Hände in die Hosentaschen.

»Es tut mir so leid, Savannah«, flüsterte sie.

»Wir sehen uns bald, ja?«

»Ja, sicher.«

Gemeinsam begleiteten sie Caroline, die Maggie auf dem Arm trug, die Verandastufen hinunter.

»Laredo und ich fahren nächsten Mittwoch nach Fredericksburg, um mit dem Bauunternehmer zu sprechen«, berichtete Savannah. »Wenn alles nach Plan läuft, können wir noch vor Oktober in unser Haus ziehen.«

Ohne seine Schwester würde das Haus furchtbar leer sein, doch Grady wollte gar nicht daran denken. Wenigstens würde sie in der Nähe wohnen, nicht einmal fünf Minuten zu Fuß entfernt.

»Sind die Pläne schon fertig?«

Savannah lächelte stolz. »Ja. Laredo und ich haben dem Bauunternehmer am Freitagnachmittag unsere Zustimmung gegeben.«

Am Wagen angekommen, öffnete Grady die Tür, damit Caroline ihre kleine Tochter hineinsetzen konnte.

Maggie rührte sich nicht einmal, als Caroline ihr den Gurt anlegte.

»Laredo und ich werden am Mittwoch wohl erst spät zurückkommen. Dann könnt ihr doch den Tag miteinander verbringen«, schlug Savannah beiläufig vor.

Das brachte ihn in Verlegenheit.

Doch zum Glück ließ Caroline ihn nicht lange auf ihre Antwort warten. »Ich kann nach der Arbeit herkommen«, sagte sie und lächelte ihn an. »Aber ich weiß nicht, ob der Babysitter Zeit hat.«

»Bring sie einfach mit«, erwiderte Savannah. »Schließlich muss Maggie sich an Grady gewöhnen.«

»Vielleicht könnten wir zu dritt ausreiten«, schlug er Caroline vor. »Ich habe ein sehr braves Pferd, das ich dir und Maggie geben kann.« Er würde ihnen die Herde zeigen und unterwegs an einigen schönen Plätzen anhalten. Schließlich war er stolz auf seine Ranch.

»Ja, das wäre wundervoll!«, meinte sie begeistert.

»Also abgemacht.«

»Bis bald.« Savannah wandte sich ab und eilte zum Haus zurück.

»Ich fahre jetzt besser«, erklärte Caroline. Offenbar fiel ihr der Abschied genauso schwer wie ihm.

»Trotz allem bin ich froh, dass wir uns gesehen haben.«

»Ich auch.«

Sie schwiegen eine Weile. Doch dann machte Caroline einen Schritt auf ihn zu und küsste ihn.

Zunächst war er völlig perplex, aber im nächsten Moment zog er sie an sich und erwiderte ihren Kuss. Es war ihm egal, ob jemand sie sah.

Als sie sich voneinander lösten, atmeten sie beide schneller. Ihre Blicke begegneten sich, und Caroline schenkte ihm das süßeste, verführerischste Lächeln, das Grady je gesehen hatte.

»Wofür war das?«, fragte er mit rauer Stimme.

»Dafür, dass du Maggie das Leben gerettet hast.«

»Oh.« Er räusperte sich. »Ich habe auch schon mal einem verwundeten Falken das Leben gerettet.«

Sie küsste ihn auf die Wange.

»Er war schwer verletzt.«

Nun näherte sie sich seinen Lippen.

»Als Richard acht war, hat er sich den Arm gebrochen, und ich habe ihn nach Hause getragen. Willst du mich dafür auch mit einem Kuss belohnen?«

»Das reicht jetzt, Grady!«, protestierte sie lachend.

Er liebte ihr Lachen. Um sie noch ein letztes Mal in den Armen zu halten, hob er sie hoch und drehte sich mit ihr. Sie warf den Kopf zurück und lachte so glücklich, dass es ihm durch und durch ging. Danach standen sie noch eine Weile eng umschlungen da.

Das ist perfekt, ging es Grady durch den Kopf. *Einfach perfekt.*

***

Wie versprochen kam Glen am frühen Dienstagabend zu Elaine ins Geschäft. Sie hatte einen langen, aufreibenden

Tag hinter sich, denn es war viel los gewesen. Außerdem fand ihre Hochzeit in weniger als einem Monat statt, und es musste noch einiges erledigt werden.

»Ich bin froh, dass du pünktlich bist«, erklärte sie und lächelte ihn dabei liebevoll an. Wieder einmal wunderte sie sich darüber, wie Glen und sie so blind für ihre Gefühle gewesen sein konnten.

»He, wann bin ich je zu spät gekommen?«, neckte er sie.

Sie verdrehte die Augen und hängte das Schild mit der Aufschrift *Geschlossen* ins Fenster. Als sie dann ins Büro gehen wollte, um ihre Handtasche zu holen, hielt er sie zurück.

»Willst du mir nicht zeigen, wie sehr du dich darüber freust, mich zu sehen?«, fragte er.

»Ich sehe dich doch jeden Tag.« Lachend legte sie ihm die Arme um den Hals und küsste ihn leidenschaftlich.

»Oh Baby«, flüsterte er mit geschlossenen Augen. »Wie lange dauert es noch bis zur Hochzeit?«

»Weniger als einen Monat. Manchmal wünschte ich, wir könnten einfach weglaufen und heiraten.«

»Die Idee gefällt mir immer besser«, erwiderte er leise.

»Unsere Mütter würden es uns nie verzeihen.«

»Dann lass uns ihnen einen Grund geben, sich aufzuregen.«

Elaine lachte und gab ihm noch einen Kuss. Nachdem Glen sie widerstrebend losgelassen hatte, holte sie ihre Handtasche aus dem Büro und steckte die Liste der Dinge ein, die noch erledigt werden mussten.

»Wann haben wir den Termin mit dem Makler?«, erkundigte er sich.

»Erst um sieben.« Glen und sie hatten sich entschlossen, ein Haus in der Stadt zu kaufen. Er würde noch einige Jahre mit seinem Bruder zusammenarbeiten, hoffte jedoch, irgendwann eine eigene Ranch erwerben zu können, und zwar in der Nähe der Stadt.

Er zog sein Handy hervor und warf einen Blick auf das Display. »Haben wir noch Zeit, um irgendwo schnell etwas zu essen?«

»Wenn du willst.«

»Ich sterbe vor Hunger.«

»Also gut, Cowboy, lass uns ein Sandwich im Chili Pepper essen.«

Noch vor wenigen Monaten war Elaines Leben trist und einsam gewesen, denn ihr Vater war gestorben, und kurz darauf hatte ihre Mutter unerwartet ihr Haus verkauft und war nach Chicago gezogen. Zum ersten Mal in ihrem Leben hatte sie sich allein gefühlt. Zu dem Zeitpunkt war ihr bewusst geworden, wie sehr sie Glen als Freund brauchte – und schließlich auch, wie sehr sie ihn liebte.

Sie gingen zum Restaurant und fanden dort eine freie Sitznische. Elaine bestellte ein Barbecue-Sandwich und Kartoffelsalat als Beilage und Glen Rippchen und einen Krug kaltes Bier.

»Heute Mittag ist Lydia mit mir essen gegangen«, erzählte sie, als die Kellnerin das Bier servierte.

»Und was macht sie so?«

»Sie wollte wissen, wie unsere Hochzeitspläne vorangehen und ...« Elaine verstummte.

»Und?«, hakte er nach, während er ihnen Bier einschenkte.

»Hast du Dr. Dickinson schon kennengelernt?«

»Die Nachfolgerin von Doc Cummings? Offiziell noch nicht.«

»Lydia hat mich gefragt, ob ich mich ihrer ein wenig annehmen könnte.«

»Der Ärztin?« Er stellte sein Glas wieder auf den Tisch.

»Offenbar fällt es ihr schwer, sich hier einzuleben.«

Glen lehnte sich zurück. »Inwiefern?«

»Sie findet keinen Anschluss, und Lydia ist der Meinung, sie braucht eine Freundin, die sie mit den anderen bekannt macht.«

»Hast du denn Zeit für sie?«

»Momentan nicht.«

»Ich glaube, wenn wir verheiratet sind, wirst du auch nicht viel Freizeit haben.« Seine Augen blitzten übermütig. »Ich werde dich nämlich ganz schön auf Trab halten.«

»Ach ja?«, neckte sie ihn zurück, spürte jedoch, wie sie errötete.

»Was die Ärztin wirklich braucht, ist etwas oder jemanden, mit dem sie sich beschäftigen kann.«

»Du meinst wohl, einen Mann.«

»Hast du etwas gegen Männer?«

»Moment mal.« Sie stellte ihr Glas so heftig auf den Tisch, dass das Bier überschwappte. Mit einer Serviette wischte sie es weg. »Das ist vielleicht gar nicht so schlecht.«

Er runzelte die Stirn. »Was meinst du damit?«

»Warum machen wir sie nicht mit Cal bekannt?« Sie hatte auch schon eine Idee, wie sie das am besten bewerkstelligen konnte.

»Mit meinem Bruder?«, fragte Glen ungläubig.

»Ja, mit deinem Bruder! Oder kennst du noch einen anderen Cal?«

Entgeistert sah er sie an. »Das ist doch nicht dein Ernst, oder?«

»Und ob. Sie passen perfekt zusammen.«

»Habe ich richtig gehört? Die Frau, die ich liebe und die den Wald vor lauter Bäumen nicht gesehen hat, will sich plötzlich als Amor betätigen?«

»Es liegt doch nahe.«

»Du kennst diese Ärztin ja nicht einmal.«

»Sicher kenne ich sie«, protestierte Elaine.

»Und wo hast du sie kennengelernt?«

»Auf dem Tanzabend des Rinderzüchterverbands.« Dass sie sich Jane Dickinson dort allerdings nur kurz vorgestellt hatte, verschwieg sie lieber.

»Dann erklär mir bitte, warum mein Bruder mit dieser Mary ausgehen sollte.«

»Sie heißt Jane.«

»Jane«, verbesserte sich Glen. »Was ist an ihr so besonders?«

»Das weiß ich nicht«, räumte sie ein. »Aber eins weiß ich …«

»Was?«

»Cal braucht jemanden.«

Im nächsten Moment servierte die Kellnerin das Essen, und er nahm ein Rippchen und tauchte es in die würzige Barbecuesoße, Adam Braunfels' Spezialität. »Weiß Cal schon von seinem Glück?«

»Noch nicht.«

»Willst du es ihm sagen, oder hast du mir die Aufgabe zugedacht?«

Glen schien das Ganze ziemlich amüsant zu finden, doch Elaine achtete gar nicht auf ihn. »Keiner von uns wird es ihm sagen müssen.«

Er tat so, als würde er sich den Schweiß von der Stirn wischen. »Da bin ich aber erleichtert. Weißt du, Schatz, ich möchte dir nicht deine Illusionen nehmen, aber Cal ist ein eingefleischter Junggeselle. Er hat den Frauen für immer abgeschworen.«

»Bist du sicher?«

»Na ja, es ist jetzt schon über zwei Jahre her, und er ist über die Sache mit Jennifer immer noch nicht hinweg.«

»Dann ist es höchste Zeit, dass er darüber hinwegkommt.« Leider war Cal viel zu dickköpfig, um das selbst zu erkennen. Mit Sicherheit brauchte er nur einen Anstoß. Sie würde ihm auf die Sprünge helfen und den Dingen dann ihren Lauf lassen.

Sobald Glen und sie in ihr neues Haus in der Stadt zogen, würde Cal allein auf der Familienranch wohnen.

Bestimmt würde er nach kurzer Zeit merken, wie groß und leer ein Haus sein konnte.

»Du siehst nachdenklich aus«, bemerkte Glen.

»Es liegt einzig und allein an uns.« Elaine nickte entschlossen.

»An uns?« Abwehrend hob er die Hände. »Vergiss es. Wenn du meinen großen Bruder unbedingt verkuppeln willst – nur zu, aber ich mache da nicht mit.«

Hätte er nicht etwas mehr Begeisterung für ihre Idee zeigen können? Sie seufzte.

»Viel Glück, Schatz.« Er nahm sich eine Pommes. »Ich bewundere deinen Mut.«

»Ich glaube nicht an Glück«, erklärte sie. »Ich glaube daran, dass wir selbst für unser Schicksal verantwortlich sind.« Und manchmal auch für das eines anderen, fügte sie im Stillen hinzu.

***

Am späten Mittwochnachmittag fuhr Caroline zur Yellow Rose Ranch. Sie hatte sich die ganze Woche darauf gefreut.

Als sie auf dem Hof parkte und den Motor abstellte, wurde die Fliegentür auf der hinteren Veranda geöffnet, und Grady erschien auf der Schwelle.

Caroline stieg aus, und Maggie, die sie begleitete, nahm ihre Hand, als er auf sie zukam.

»Schreit Grady mich gleich wieder an?«, flüsterte ihre Tochter.

»Natürlich nicht«, versicherte Caroline.

Grady lächelte sie an, und es fiel ihr schwer, den Blick abzuwenden. Sie kannten sich schon seit Jahren, und die Stimmung zwischen ihnen war meist angespannt gewesen. Sie waren beide eigensinnig und rechthaberisch. Doch sie hatte Grady immer bewundert und ihn für einen anständigen Kerl gehalten. Er war der erste – und der einzige – Mann, der wieder Gefühle in ihr weckte.

»Hallo«, sagte sie verlegen.

»Hallo.« Grady ließ den Blick zu Maggie schweifen und ging vor ihr in die Hocke. »Wie geht es dir, Prinzessin?«

»Gut.« Sie senkte den Kopf und bohrte die Fußspitze in den Boden. »Tut mir leid, dass ich zu dem großen Pferd in die Box gegangen bin.«

»Du hast das Fohlen gesucht, stimmt's?«

Maggie nickte und sagte ganz leise: »Das mach ich nie wieder.«

»Gut«, erwiderte er. »Eine Frau, die aus ihren Fehlern lernt, ist sehr klug.«

»Ein Mann auch«, fügte Caroline hinzu.

Grady lachte laut und schallend, woraufhin Maggie zusammenzuckte und sich ihrer Mutter in die Arme warf.

»Was hast du diesmal zu ihr gesagt?«, fragte Richard, der gerade aus der Blockhütte kam.

»Richard!« Maggie drehte sich um und strahlte ihn an.

»Na, wie geht's meiner Kleinen?« Er breitete einladend die Arme aus.

Maggie löste sich aus Carolines Umarmung und lief auf ihn zu. Als er sie hochhob und sich mit ihr drehte, kreischte sie vor Vergnügen.

»Was machst du hier?«, fragte Grady ihn stirnrunzelnd.

Richards Lächeln erstarb. »Das hier ist mein Zuhause.«

»Jetzt nicht mehr. Hier gehört dir nichts.«

Was Grady ihm damit zu verstehen geben wollte, war klar. Er sollte sich von ihr und Maggie fernhalten.

Richard lachte. »Wie kannst du mir etwas verweigern, das nie dir gehört hat?« Dann richtete er seine Aufmerksamkeit wieder auf Maggie.

»Maggie, ich glaube ...«, begann Caroline, doch ihre Tochter fiel ihr ins Wort.

»Ich mag Richard!«, rief sie. »Nicht Grady, *Richard.*«

Er warf Grady einen triumphierenden Blick zu.

»Richard zeigt mir immer Zaubertricks und tanzt mit mir.«

»Grady hat dir das Leben gerettet«, erinnerte Caroline sie.

Aber Maggie legte ihm die Arme um den Hals. »Trotzdem mag ich Richard lieber.«

»Natürlich tust du das«, meinte er. »Alle Frauen aus Promise mögen mich.«

»Außer Elaine Frasier«, bemerkte Grady leise.

Richard zog die Augenbrauen hoch. »Soso, mein Bruder weiß neuerdings, wie man austeilt.«

»Caroline und Maggie sind hier, um mich zu besuchen.«

Langsam setzte Richard die Kleine ab. »Ich wusste gar nicht, dass sie dein Eigentum sind. Schade, denn Caroline und ich waren einmal gute Freunde, erinnerst du dich?«

»Wir waren nie Freunde, Richard«, erklärte Caroline mit unverhohlener Abneigung.

»So ist das also.« Er lächelte schief, als hätten ihre Worte ihn gekränkt.

Als wenn er überhaupt zu irgendeiner Empfindung fähig wäre, dachte sie verächtlich. Dennoch verspürte sie einen Anflug von Traurigkeit, als er nun Maggie absetzte und davonging. Sie fand es schade, dass er seine Fähigkeiten und sein Potenzial nicht nutzte. Obwohl sie ihn bereits ihr ganzes Leben lang kannte, blieb er ihr ein Rätsel. Aber vermutlich wurde niemand wirklich schlau aus ihm.

Grady nahm ihre Hand. »Tut mir leid, Caroline.«

»Schon gut. Mach dir darüber keine Gedanken.«

Maggie teilte ihre Meinung offenbar nicht.

»Möchtest du ein Glas Limonade?«, fragte er ihre Tochter. »Ich habe sie extra für dich gemacht.«

»Das klingt doch gut, oder?«, meinte Caroline.

Aber Maggie antwortete nicht.

»Wir nehmen gern ein Glas«, entschied Caroline schließlich.

Grady führte sie in die Küche, wo er drei Gläser aus dem Schrank holte. »Neulich ist mir klar geworden, dass ich bald ein richtiges Junggesellendasein führen werde. Da erst Mom immer gekocht hat und dann Savannah, habe ich kaum Zeit in der Küche verbracht.« Als er seine Mutter erwähnte, wirkte er traurig. Er war kein Mensch, der seine Gefühle zeigte, doch sie wusste, dass er den Tod seiner Eltern nie verwunden hatte. Die beiden waren bei einer Überschwemmung ums Leben gekommen, und er sprach nie darüber.

»Wahrscheinlich werden Wiley und ich noch vor Ende des ersten Monats verhungern«, fuhr er scherzend fort. Wiley war der Vorarbeiter auf der Yellow Rose Ranch. Er arbeitete hier schon, solange sie sich erinnern konnte.

»Das wird Savannah wohl kaum zulassen.«

Maggie zupfte sie am Ärmel. »Kann ich mit Savannahs Puppen spielen?«

»Willst du denn nicht reiten?«, fragte Grady enttäuscht.

Sie schüttelte den Kopf, und Caroline vermutete, dass sie nach dem Vorfall am Sonntag immer noch Angst vor Pferden hatte.

»Sei vorsichtig mit Savannahs Sachen, ja?«, warnte Caroline sie.

»Ja«, versprach Maggie und hüpfte davon, ohne ihre Limonade angerührt zu haben.

»Sie spielt gern mit Puppen, oder?«, erkundigte sich Grady.

»Ja, es ist ihre Lieblingsbeschäftigung.«

Er brachte ihre Gläser ins Wohnzimmer und stellte sie

dort auf den Tisch. »Sicher wunderst du dich darüber, dass wir nicht draußen sitzen.«

Damit hatte er recht.

»Ich kann dich so schlecht in den Arm nehmen, wenn du im Schaukelstuhl sitzt«, gestand er. »Verdammt, ich konnte seit Sonntag an nichts anderes denken als daran, dich wieder zu küssen.«

»Oh Grady, ich auch nicht«, gestand Caroline ihm.

Sobald sie sich auf das Sofa gesetzt hatten, lagen sie einander in den Armen. Ihr erster Kuss war wild und verlangend, der zweite schon etwas beherrschter.

Sie hatte sich so sehr danach gesehnt, und dass Grady genauso leidenschaftlich war wie sie, machte Caroline glücklich. Jetzt traute sie sich wieder, zu hoffen und zu träumen.

»Passiert das wirklich mit uns?« Sie drehte sich um und lehnte sich an ihn. Daraufhin hauchte er zärtliche Küsse auf ihren Nacken.

»Wenn nicht, dann weck mich nicht auf.«

»Wann ist das bloß passiert?« Sie schloss die Augen und stöhnte leise, als er ihr Ohrläppchen zwischen seine Lippen nahm. »Grady ...«

»Küss mich.«

Das brauchte er nicht zweimal zu sagen. Caroline drehte sich wieder um und küsste ihn leidenschaftlich. Seine Berührungen erregten sie so sehr, dass sie ihm nicht widerstehen konnte.

Da sie nichts um sich her mehr wahrnahm, hörte sie auch nicht, wie die Tür geöffnet wurde.

Als Grady sich unvermittelt von ihr löste, war sie so überrascht, dass sie Savannah erst nach einigen Sekunden bemerkte.

»Oh«, sagte diese fröhlich. »Ich glaube, wir sind ein bisschen zu früh zurückgekommen, Laredo.«

6. Kapitel

»Das ist unglaublich!«, rief Caroline, als sie auf ihrem Schecken hinter Grady hergaloppierte. Sie war schon seit einer Ewigkeit nicht mehr geritten, und es war einfach fantastisch. Sie konnte sich nicht erinnern, sich je so frei gefühlt zu haben. Vermutlich lag es daran, dass sie im Begriff war, sich in Grady zu verlieben.

»Komm, du lahme Ente!«, rief er ihr über die Schulter zu. Er hatte ihr nicht gesagt, wohin er mit ihr reiten wollte, schien aber ein bestimmtes Ziel zu haben.

»Wohin bringst du mich?«, rief sie, doch entweder hatte er ihre Frage nicht gehört, oder er ignorierte sie einfach.

Dankbar dachte sie an Savannah. Ihre Freundin hatte darauf bestanden, dass Grady und sie losreiten sollten, und versprochen, so lange auf Maggie aufzupassen.

Es war ein herrlicher Tag und nicht zu heiß für einen Augustnachmittag. Es war sogar etwas kühler als in den letzten Tagen. Da es im Frühsommer geregnet hatte, leuchtete das Gras grün und saftig.

In den letzten Tagen hatte Caroline viel über ihre Beziehung zu Grady nachgedacht. Er war vor Kurzem sechsunddreißig geworden, und sie war fast achtundzwanzig. Sie wusste, was sie vom Leben erwartete, und er schien auch seinen Weg gefunden zu haben. Sie mochte und achtete ihn, und allmählich konnte sie sich wirklich eine gemeinsame Zukunft mit ihm vorstellen.

Grady ritt einen Hügel hoch und wartete oben auf sie. Seine Augen strahlten.

»Willst du schon eine Pause machen?«, fragte er.

»Ich werde mich dir anschließen«, antwortete sie, da sie ihn nicht aufhalten wollte.

»Mit anderen Worten, du bist bereit, mir ans Ende der Welt zu folgen.«

»So ungefähr«, erwiderte sie lachend.

»Aber im Ernst, Caroline, mein Hintern ist viel mehr an den Sattel gewöhnt als deiner. Ich möchte ihn nur ungern überstrapazieren.«

»Ich wusste gar nicht, dass du so besorgt um meinen Hintern bist«, neckte sie ihn.

Er lachte.

Caroline trieb den Schecken zu einem leichten Galopp an, und Grady ritt eine Weile schweigend neben ihr her, bis sie an einen gewundenen Bach kamen. Am Ufer standen einige Weiden. Ein malerischer Ort.

»Hier ist es angenehm schattig.« Grady deutete auf eine große Trauerweide, deren Zweige ins Wasser hingen.

Nachdem er vom Pferd gestiegen war, half er Caroline beim Absitzen. Da sie mit Pferden aufgewachsen war, brauchte sie eigentlich keine Hilfe. Doch sie ließ ihn gewähren, denn sie wusste, dass er die Gelegenheit nutzte, um sie zu berühren. Und danach sehnte sie sich ebenso sehr wie er.

Er hielt sie einen Augenblick länger als nötig fest, und sie tat so, als würde sie es nicht merken. Die Hände gegen seine Schultern gestützt, ließ sie sich langsam heruntergleiten. Auch als sie wieder festen Boden unter den Füßen hatte, hielt er noch ihre Taille umfasst.

Eindringlich sah er sie an. Die Zeit schien stillzustehen, und alles wirkte seltsam unwirklich. Die Geräusche drangen wie aus weiter Ferne an Carolines Ohr – das Rascheln der Blätter im Wind, das Rauschen des Bachs und der leise Gesang der Vögel.

»Hier bin ich immer hergekommen, als ich ein Junge war«, erklärte Grady. Er hatte seinen Griff etwas gelockert. »Für mich war es ein magischer Ort.«

»Magisch?«

»Ich habe mir vorgestellt, dass Banditen in den Bäumen auf der Lauer liegen. Aber ich war zu clever für sie.« In seinen Augenwinkeln erschienen Lachfältchen.

»Als ich klein war, habe ich mich immer in einer hohlen Eiche in unserem Garten versteckt. Ich war fest davon überzeugt, dass niemand mich sehen kann.«

Grady zog seinen Handschuh aus und strich ihr eine Strähne aus der Stirn. »Nachdem ich die Banditen besiegt hatte, habe ich dagesessen und nachgedacht.«

»Ich habe geträumt.« In diesem Moment wurde Caroline klar, dass sie zum ersten Mal jemandem von der Eiche erzählte.

»Einen bestimmten Traum?«, erkundigte er sich.

»Oh, das, was die meisten Mädchen träumen, die *Aschenputtel*, *Rapunzel* und *Schneewittchen* gelesen haben. Ich habe diese Märchen geliebt und mir vorgestellt, wie es wäre, eine Prinzessin zu sein. Ein schöner Prinz würde unüberwindbare Hindernisse überwinden, um zu mir zu gelangen und mir seine Liebe zu gestehen.«

Er lächelte verschmitzt. »Stets zu Euren Diensten.«

»Oh Grady, möchtest du mein Prinz sein?« Sie kam sich albern vor, doch er blickte sie ernst an.

»Nichts wäre ich lieber«, sagte er leise.

Es knisterte förmlich zwischen ihnen, und Caroline sehnte sich danach, dass er sie küsste. Dem Funkeln in seinen Augen nach zu urteilen ging es ihm offenbar genauso, denn er neigte langsam den Kopf.

Als ihre Lippen sich trafen, verstärkte er wieder seinen Griff, sodass er sie fast hochhob. Sie strich ihm durchs Haar. Sein Stetson fiel herunter, aber Grady schien es nicht zu merken.

Unvermittelt löste er sich schließlich von ihr und schüttelte den Kopf. »Das hätte ich nicht tun sollen. Tut mir leid. Das geht dir sicher viel zu schnell. Es ist nur …«

»Nein, das ist es nicht.«

Er hatte seine Hände in ihr Haar geschoben und drückte sie an sich, sodass sie spürte, wie schnell sein Herz klopfte.

»Ich kann einfach nicht die Finger von dir lassen«, flüsterte er.

»Habe ich mich etwa beklagt?«

»Nein, aber …« Er seufzte tief. »Oh verdammt, ich habe kein Geheimnis aus meinen Gefühlen für dich gemacht!«

»Ich fühle doch genauso«, gestand sie.

Grady nahm eine Wolldecke aus seiner Satteltasche und führte Caroline zu der Trauerweide. Er zog die herabhängenden Zweige auseinander und machte eine einladende Geste. »Willkommen in meinem Schloss.«

»Schloss?«, wiederholte sie. »Ich dachte, es wäre das Versteck von Banditen.«

»Jetzt nicht mehr«, erwiderte er leise. »Ich bin dein schöner Prinz, falls du es vergessen haben solltest.«

Sie lächelte und hatte das Gefühl, dass ihre Lippen dabei bebten.

Grady breitete die Wolldecke aus, und nachdem Caroline sich daraufgesetzt hatte, kehrte er zu seinem Pferd zurück. Sie staunte nicht schlecht, als er auch noch eine Flasche gekühlten Weißwein, zwei Weingläser und ein Stück Käse aus seiner Satteltasche zutage förderte.

»Du verblüffst mich«, sagte sie, als er die Flasche mit einem Taschenmesser öffnete.

»Tatsächlich?« Amüsiert blickte er sie an, als er einige Scheiben Käse abschnitt und ihr eine Scheibe reichte.

»Es ist so romantisch!«

»Wenn du das hier romantisch findest, warte erst mal ab.«

»Heißt das, es kommt noch mehr?« Sie biss ein Stück von dem würzigen Käse ab.

»Viel mehr.« Er kehrte zu den Pferden zurück und nahm eine kleine Schachtel aus einer anderen Satteltasche.

»Pralinen?«, rief sie entzückt.

»Ich dachte, so etwas sollte man einer Frau mitbringen, wenn man sie beeindrucken möchte.« Ohne sie anzusehen, schenkte er ihnen Wein ein.

»Möchtest du mich denn beeindrucken, Grady? Meinst du es ernst?« Sie musste es unbedingt wissen.

»Und ob.« Grady reichte ihr ein Glas und hob seines hoch. »Wollen wir einen Toast aussprechen?«

Caroline nickte und stieß mit ihm an.

»Auf die Zukunft«, sagte er und fügte dann hinzu: »Unsere Zukunft.«

Sie trank einen Schluck, doch selbst der kühle Wein konnte ihr rasendes Herz nicht beruhigen.

Sie war verliebt, richtig verliebt. Sosehr sie diese Gewissheit mit Glück erfüllte – es machte ihr gleichzeitig auch Angst. Und dann wurde ihr noch etwas bewusst. Sie musste Grady von Maggies Vater erzählen. Er hatte ein Recht darauf, die Wahrheit zu erfahren, obwohl ihr Magen sich allein beim Gedanken daran zusammenkrampfte.

»Du bist plötzlich so still«, bemerkte Grady.

»Ich habe nur nachgedacht.«

»Wir sollten unsere Zeit für bessere Dinge nutzen«, neckte er sie. Dann beugte er sich vor und küsste sie sanft. Seine Küsse berauschten sie viel mehr als der Wein.

»Ich kann einfach nicht anders.« Grady lehnte die Stirn an ihre.

»Und ich sehne mich danach.« Caroline streichelte seinen Nacken. »Ich … Ich möchte mit dir über Maggie reden.« Sie schloss die Augen und versuchte, die Anspannung zu bekämpfen, die sich in ihr ausbreitete. Je eher sie es hinter sich brachte, desto besser.

»Ich gebe mir wirklich Mühe, Caroline.«

»Das weiß ich … Aber was ich dir sagen will, hat nichts mit ihren Gefühlen dir gegenüber zu tun.«

Er verharrte regungslos.

Ihr Herz pochte so stark, dass sie kaum einen klaren Gedanken fassen konnte. Außerdem schaffte sie es nicht, Grady anzusehen, während sie über diese schwere Zeit sprach. Daher stand sie auf.

»Es geht um Maggies Vater.« Sie ballte die Hände zu Fäusten, sodass die Knöchel weiß hervortraten. Wieder krampfte sich ihr Magen zusammen. Der einzige Mensch, der die ganze Wahrheit kannte, war ihre Mutter gewesen. Natürlich war ihr klar, dass die anderen Mitglieder ihrer Familie und auch ihre Freunde immer darüber spekuliert hatten, wer Maggies Vater war, doch sie hatte es ihnen nicht gesagt. Sie hatte es noch nie irgendjemandem gesagt. Und bisher hatte sie auch noch nie das Bedürfnis verspürt, es zu tun.

»Du bist so blass, Caroline. Fällt es dir wirklich so schwer?«

Sie neigte den Kopf und atmete langsam aus. »Es ist viel schwerer, als ich gedacht habe.«

Grady stand auf und legte ihr von hinten die Hände auf die Schultern. »Dann vergiss es. Ich muss es nicht wissen – nicht, wenn es dich so mitnimmt.«

»Aber ich muss es dir sagen.« Er hatte ja keine Ahnung, wie wichtig es war.

»Dann kannst du es ein andermal tun.« Er senkte die Lippen auf die empfindliche Haut in ihrem Nacken, und Caroline neigte den Kopf nach vorn. »Ich möchte nicht, dass uns irgendetwas diesen Nachmittag verdirbt.«

»Aber du hast ein Recht darauf, es zu erfahren.« Sie machte eine Pause und schluckte. Er schien nicht zu verstehen, dass es ihr immer schwerer fallen würde, es ihm zu sagen, je länger sie wartete.

Zärtlich streichelte er ihre Arme. »Verderben wir uns den Nachmittag nicht mit unliebsamen Erinnerungen. Du wirst noch genug Zeit haben, mir alles zu erzählen – aber nicht heute.«

»Bist du denn gar nicht neugierig?«

Grady seufzte tief. »Doch, das bin ich«, erwiderte er nach einer Weile. »Vielleicht habe ich auch ein bisschen Angst. Ich möchte das hier nicht verderben.«

»Oh Grady.« Er machte es ihr wirklich leicht, es hinauszuzögern und optimistisch in die Zukunft zu blicken.

»Ich bin dein Prinz, erinnerst du dich?«

»Ich erinnere mich«, sagte sie.

»Gut.« Grady streifte ihre Lippen mit seinen. »Und nun lass uns den Wein trinken.«

Er wartete, bis sie es sich auf der Decke bequem gemacht hatte, und reichte ihr das Glas, das er wieder aufgefüllt hatte. Dann setzte er sich hinter sie und zog sie an sich. Sie schloss die Augen, während er ihr durchs Haar strich.

»Ich habe dir doch gesagt, dass dies ein magischer Ort ist.«

»Hm.«

»Die Wirklichkeit holt uns schnell genug wieder ein. Also lass uns den Zauber genießen, solange wir können.«

Das klang äußerst verlockend. Und sie spürte, dass sie genau das wollte.

***

Maggie setzte Savannahs Puppen auf die Fensterbank im Schlafzimmer und blickte wieder nach draußen, in der Hoffnung, ihre Mommy zu sehen. Sie war mit Grady ausgeritten, und die beiden waren schon lange weg. Jetzt wollte Maggie nach Hause.

Gelangweilt setzte sie ihren Rucksack auf und ging in die Küche, wo Savannah gerade Brotteig knetete.

»Wann kommt Mommy zurück?«, fragte sie.

»Das weiß ich nicht, Schatz, aber sie müssten eigentlich bald hier sein.«

»Wo ist Richard?«, erkundigte Maggie sich dann.

»Keine Ahnung.«

»Darf ich fernsehen?«

»Natürlich. Aber bitte Laredo, ihn dir einzuschalten, ja?«

»Das kann ich selbst«, beharrte Maggie.

»Grady hat eine neue Satellitenschüssel, und die hat drei Fernbedienungen.«

Wieder war sein Name gefallen. Grady schrie sie nicht nur an, sondern hinderte sie auch daran, Savannah zu beweisen, wie klug sie war.

»Laredo ist im Stall, müsste aber jeden Moment fertig sein.«

Sehnsüchtig blickte Maggie zum Stall, doch sie würde nicht mehr hineingehen. Das letzte Mal war sie in Schwierigkeiten geraten, und Grady hatte sie wieder angeschrien. Allerdings hatte er auch Angst gehabt. Das hatte sie gemerkt, als er sie aus der Box geholt und festgehalten hatte.

»Ich würde dir den Fernseher ja gern einstellen, aber meine Hände sind voller Teig«, erklärte Savannah.

»Schon gut.« Da sie nicht drinnen bleiben wollte, ging Maggie hinaus auf die Veranda. Sie setzte sich auf die oberste Stufe, und Rocket kam zu ihr und legte sich neben sie. Nachdem sie ihn eine Weile hinter den Ohren gekrault hatte, stützte sie das Kinn in die Hände und ließ den Blick über den Hof schweifen.

Als sie Richard aus der Blockhütte kommen sah, besserte sich ihre Stimmung schlagartig. Sie sprang auf und lief zu ihm. »Richard!«

Abrupt wandte er sich um und lächelte, als er sie sah. Sie mochte es, wenn er lächelte, aber am besten gefielen ihr seine Zaubertricks. Einmal hatte er eine Münze hinter ihrem Ohr hervorgezaubert, und einmal hatte er ihr gesagt, sie solle eine Karte aus einem Kartenspiel ziehen, und gewusst, welche Karte es war. Er war wirklich toll!

»Tag, Kleine«, begrüßte er sie.

Maggie hüpfte hinter ihm her. »Spielst du mit mir?«

»Jetzt nicht.«

»Niemand will mit mir spielen«, maulte sie.

»Tut mir leid, Kleine, aber ich habe zu tun.«

Sie verzog das Gesicht. Keiner hatte Zeit für sie. »Kann ich dir helfen?«, fragte sie, in der Hoffnung, dass er danach vielleicht Zeit für sie hatte.

»Nein«, entgegnete er scharf.

Wenn er böse war, hörte er sich fast so an wie Grady. Ihre Lippen begannen zu beben.

Dann ging er in die Hocke. »Vielleicht kann ich doch mit dir spielen. Wie wär's mit Verstecken? Du versteckst dich, und ich suche dich.«

Das klang großartig! »Okay.« Maggie sah sich nach einem geeigneten Versteck um, in dem Richard sie nicht finden würde.

»Machst du die Augen zu?«, fragte sie.

»Darauf kannst du wetten, Kleine«, erwiderte er in einem merkwürdigen Tonfall.

»Aber nicht gucken«, warnte sie ihn, bevor sie um die Ecke verschwand.

»Das würde mir nicht im Traum einfallen!«, rief Richard ihr hinterher.

Das klang auch komisch – fast, als wäre er wütend und als wollte er nicht schreien. Sie lief über den Hof und versteckte sich unter dem schmiedeeisernen Tisch hinten in Savannahs Rosengarten. Doch Richard kam und kam nicht. Allmählich hatte sie keine Lust mehr zu warten.

Bestimmt suchte er sie in der Nähe des Stalls. Daher schlich sie sich aus dem Rosengarten zu der Stelle, wo sie ihn zuletzt gesehen hatte. Auf der anderen Seite des

Stalls stand Gradys Pick-up, mit dem er manchmal fuhr. Normalerweise stand der Wagen nicht dort. Auf der Ladefläche lag etwas, das wie eine Decke aussah, es war nur größer.

Richard würde nie auf die Idee kommen, sie dort zu suchen. Die Ladeklappe war unten, und Maggie konnte hineinklettern, weil eine Kiste davorstand. Der Boden war hart, und unter der Decke war es dunkel und warm, fast wie in einer Höhle. Hier lagen noch viele andere Sachen, zum Beispiel ein zusammengerollter Schlafsack. Sie lehnte sich dagegen.

»Richard!«, rief sie, da er sie so vielleicht schneller finden würde.

Nichts.

Es wurde so warm unter der Decke, dass sie ihren Rucksack abnahm. Bald fielen ihr die Augen zu, und sie beschloss, den Kopf auf den Schlafsack zu legen, bis Richard kam.

Nur für eine Weile.

***

Das ist so leicht, dass es schon peinlich ist, sagte sich Richard Weston. Er saß in dem Pick-up, der einmal Grady gehört hatte, und fuhr nach Bitter End. Niemand würde auf die Idee kommen, ihn dort zu suchen.

Zum Glück schwebte sein Bruder in letzter Zeit im siebten Himmel. Grady Weston verliebt – wenn es nicht so verdammt komisch gewesen wäre, wäre es wirklich traurig. Mit sechsunddreißig hatte er sich zum ersten Mal verliebt, und es war kein schöner Anblick. Seit einigen Wochen lief er nun schon mit hängender Zunge und glasigen Augen herum. Ein Wunder, dass er noch nicht die Treppe heruntergefallen und sich den verdammten Hals gebrochen hatte.

Richard hätte es nichts ausgemacht, selbst mit Caroline in die Kiste zu hüpfen. Das würde sicherlich eine heiße Nummer werden. Trotzdem war er ihr dankbar dafür, dass sie Grady ablenkte. So würde er längst über alle Berge sein, bevor sein dämlicher Bruder irgendetwas merkte.

Er lachte laut. »Diese Idioten!« So etwas sagte er zwar nicht gern über seine eigene Familie, aber Grady und Savannah waren nun mal die reinsten Dummköpfe. Irgendwie war es doch traurig, dass sie ihn einfach so mit Vorräten für mehrere Monate davonfahren ließen. Er hatte sogar einen kleinen benzinbetriebenen Generator gekauft – natürlich auch auf Gradys Kosten.

Am liebsten wäre er dabei, wenn die Rechnungen eintrafen. Grady würde mit Sicherheit einen Tobsuchtsanfall bekommen. Richard verspürte leichte Schuldgefühle, aber er hatte keine andere Wahl gehabt! Schließlich musste er irgendetwas essen, und auf den tragbaren Fernseher konnte er auch nicht verzichten. Einen Kabel- oder Internetanschluss gab es in der Geisterstadt zwar nicht, aber mit etwas Glück würde er einen, vielleicht auch zwei Sender empfangen. Das reichte vermutlich. Sonst wäre er womöglich versucht, zu faulenzen und seinen gesamten Benzinvorrat zum Fernsehen zu verschwenden.

Als er die Abzweigung zu der unbefestigten Straße erreichte, die sich auf der anderen Seite des Tals hinaufschlängelte, war er in Gedanken versunken.

Er kannte sich gut genug, um zu wissen, dass es ihm nicht leichtfallen würde, von aller Welt abgeschnitten in Bitter End zu bleiben. Sicher würde es Momente geben, in denen er mit dem Gedanken spielte, nach Promise oder zu einer der anderen Kleinstädte in der Umgebung zu fahren.

Allerdings konnte er das nicht tun. Grady würde den Pick-up als gestohlen melden, und sobald Richard auf den Highway fuhr, würde irgendein Gesetzeshüter ihn anhalten. Ein gestohlener Wagen wäre eine weitere Komplikation in seinem ohnehin komplizierten Leben.

Verdammt, sämtliche Gesetzeshüter in drei Staaten hätten alles dafür gegeben, ihn zu schnappen! Wegen Fahrzeugdiebstahls verhaftet zu werden war also wirklich das Letzte, was er brauchte.

Richard schauderte. Daran mochte er nicht denken.

Er verlangsamte das Tempo, weil die Straße immer holpriger wurde. Einen Moment lang glaubte er, ein Geräusch zu hören, das wie ein Schrei klang, doch als er lauschte, hörte er nichts mehr.

Zu viel Fantasie zu haben konnte gefährlich sein. Als er vor Kurzem in Bitter End gewesen war, hatte er das Gefühl gehabt, von irgendjemandem oder irgendetwas beobachtet zu werden. Er hatte sich ein wenig unbehaglich gefühlt.

Daran war Elaine Frasier schuld, denn als er sie mitgenommen hatte, hatte sie ständig davon geredet. Ihm war gar nichts aufgefallen, während sie praktisch vor Angst gezittert hatte. Allerdings kam ihm das sogar sehr gelegen. Schließlich wollte er nicht, dass sie noch einmal zurückkehrte und womöglich irgendwelche Freunde mitbrachte.

Elaine hatte die Stadt gar nicht schnell genug wieder verlassen können. Was immer es sein mochte, das sie hier wahrnahm, ihm hatte es nie Probleme bereitet – bis zu jenem letzten Besuch. Wahrscheinlich hatte er einfach nur zu viel über dieses sogenannte Gefühl gehört. Auf jeden Fall betrachtete er es als Vorteil, weil die Leute wegbleiben würden, wenn sie glaubten, dass es in Bitter End spukte. Er musste nur aufpassen, dass seine Fantasie nicht mit ihm durchging.

Als er sich Bitter End näherte, drosselte er das Tempo noch weiter. Er hatte einen Platz gefunden, an dem er den Pick-up verstecken konnte. Falls also doch jemand hierherkam, würde er ihn nicht sehen.

Kurz darauf hielt Richard vor dem windschiefen Stall. Eines musste er den Leuten lassen, die den Ort einst gegründet hatten: Sie waren hervorragende Handwerker gewesen, denn die meisten Gebäude standen noch, obwohl sie so alt waren.

Nachdem er den Wagen in den Stall gefahren hatte, sprang er heraus. Er wollte gerade die Tür schließen, als er eine Bewegung unter der Plane bemerkte.

Richard erstarrte. Wieder bewegte sich etwas. Er schlich zum Heck und riss die Plane ohne Vorwarnung zur Seite.

Die kleine Maggie schrie auf und kauerte sich in eine Ecke. Allerdings erholte sie sich zuerst von dem Schreck.

»Richard!«

»Was, zum Teufel, machst du hier?«, fragte er.

Ihr Lächeln verschwand. »Wir haben doch Verstecken gespielt. Ich bin eingeschlafen …«

Richard fluchte.

Aus großen Augen sah sie ihn an. »Wenn Mommy hier wär, würde sie mit dir schimpfen.«

Soweit er es beurteilen konnte, hatte er kaum eine Wahl. Er konnte sie auf dem Highway raussetzen – aber würde sie tatsächlich den Mund halten und niemandem erzählen, wo sie gewesen war? Er konnte sie bei sich behalten. Oder er konnte sich ihrer entledigen. Kidnapping und Mord würden sich in seinem Strafregister nicht gut ausnehmen, aber vielleicht blieb ihm nichts anderes übrig.

Verdammt, was sollte er jetzt machen?

***

Grady war noch nie der Typ gewesen, der seine Zeit vertrödelte, und er hatte auch noch nie unter einer Weide gesessen, um einen herrlichen Sommerabend zu genießen. Die meiste Zeit hatte er in den letzten Jahren damit verbracht, lange und hart zu arbeiten, um die Ranch in die schwarzen Zahlen zu bringen. Im vergangenen Jahr hatte er einen ordentlichen Gewinn erzielt, und in diesem Jahr würde es hoffentlich auch so gut laufen.

Endlich war er mit seinem Leben wieder zufrieden, und er wollte dieses Glück nicht trüben, indem er über Maggies Vater sprach. Vergeblich versuchte er sich einzureden, dass es ihm egal war. Caroline hatte es ihm sagen wollen, und obwohl er neugierig war, hatte er sie überredet, damit noch zu warten.

Dabei entsprach das gar nicht seiner Art. Normalerweise stellte er sich Problemen sofort. Doch er wusste, warum er es nicht hören wollte. Insgeheim fürchtete er, dass zwischen ihnen nichts mehr so sein würde wie vorher, wenn Caroline ihm sagte, wer Maggies Vater war. Daher zögerte er das Unvermeidliche hinaus, bis er sich der Wahrheit eher gewachsen fühlte.

Caroline legte sich neben ihm auf die Wolldecke und legte ihren Kopf auf seinen Oberschenkel. Zärtlich strich er ihr das Haar aus dem Gesicht. Sie war so unfassbar schön, dass er sich nur schwer davon abhalten konnte, sie anzustarren und wieder seine Lippen auf ihre zu pressen. An diesem Nachmittag hatte er sie oft geküsst, und jeder dieser Küsse war perfekt gewesen. Sie hatte nach Wein und Schokolade geschmeckt, eine geradezu berauschende Kombination.

Er hatte ihr praktisch gesagt, dass er sich eine Zukunft mit ihr vorstellen konnte. Es war an der Zeit, langsam an eine eigene Familie zu denken. Und vor allem ging es ihm um Caroline und Maggie. Er wollte immer mit ihnen zusammen sein. Ohne die beiden war sein Leben leer.

Er hatte versucht, es Caroline zu sagen, doch es fiel ihm schwer, ihr zu gestehen, wie sehr er sie brauchte. So hatte er noch nie empfunden, und es machte ihm Angst.

»Ich könnte jetzt einschlafen«, erklärte sie leise. Sie hatte die Augen geschlossen, und Grady streichelte mit dem Zeigefinger über ihre Wange. Ihre Haut war weich und glatt.

Sie lächelte. »Du hast recht.«

»Ich weiß zwar nicht, was du meinst, aber das höre ich gern.«

»Jeder Mann hört das gern«, neckte sie ihn.

»Dann sag mir, inwiefern ich recht habe.«

»Dieser Ort«, flüsterte sie. »Ich glaube, ich war noch nie so … zufrieden. So entspannt.«

»Ich auch nicht.« Es war das erste Mal seit Jahren, dass er mehr als zehn Minuten hier verbracht hatte.

»Ich frage mich …«, begann sie verträumt.

»Was?« Er beugte sich über sie und küsste sie auf die Stirn.

»Ob du noch andere Zaubertricks auf Lager hast.«

»Das ist Richards Spezialität, nicht meine.«

Sie zog die Stirn kraus. »Du hast mir einen magischen Nachmittag bereitet. Wein und Pralinen und dieses wunderschöne Fleckchen.«

»Die Küsse waren auch nicht schlecht.«

Caroline öffnete die Augen und sah ihn so verlangend an, dass Grady ihr nicht mehr widerstehen konnte.

Sobald er die Arme ausstreckte, schmiegte sie sich an ihn. Eine Welle des Verlangens überwältigte ihn. Es war, als hätte er sein ganzes Leben auf diesen Nachmittag und diese Frau gewartet.

Sie ließen ihre Zungen spielen, einander necken, und Grady schob die Finger in Carolines seidenweiches Haar. Selbst in fünfzig Jahren würde er von ihr nicht genug bekommen, davon war er fest überzeugt.

»Wir sollten lieber zurückreiten«, meinte er schließlich widerstrebend.

»Wie lange sind wir denn schon weg?«, fragte sie und warf dann einen Blick auf ihr Handy. Es waren keine neuen Nachrichten eingegangen, aber die Uhrzeit schockierte sie. Sofort sprang sie auf. »Ach du meine Güte, schon über zwei Stunden!«

»Ich weiß ...«

»Aber Maggie ...«

»Sie ist bei Savannah.«

»Ich habe völlig die Zeit vergessen.« Hektisch begann sie, die Sachen einzusammeln.

»Du brauchst dir keine Sorgen zu machen, Caroline.«

Langsam drehte sie sich zu ihm um. »Danke, Grady. Das weiß ich. Es ist nur ... Das alles ist so neu für mich.« Sie machte eine ausholende Geste.

Er half ihr beim Aufsitzen, und sie ritten gut gelaunt zur Ranch zurück.

Schließlich kam das Haus in Sicht. Seine Silhouette zeichnete sich gegen den dunkler werdenden Himmel ab. Es wirkte einladend und vermittelte Geborgenheit.

Für ihn war es immer ein Teil der Landschaft gewesen. Es gehörte dorthin. Und zum ersten Mal seit Jahren war er mit seinem Leben zufrieden.

Erst als sie sich dem Round Pen näherten, merkte Grady, dass irgendetwas nicht stimmte. Er entdeckte Laredo, und sobald der sie sah, lief er ins Haus und rief Savannah, die daraufhin auf die Veranda kam.

Ihre Wangen waren gerötet und ihre Augen geschwollen, als hätte sie geweint.

»Was ist los?«, fragte Grady, während er sich aus dem Sattel schwang.

»Oh Caroline, es tut mir so leid!« Ihre Stimme bebte, und Savannah legte die Hand auf den Mund.

Verwirrt sah Caroline ihn an. »Was ist los?«

Grady half ihr beim Absitzen. Ihre Hände zitterten, als sie sich an ihm festhielt.

»Wo ist Maggie?«, fügte sie seltsam ruhig hinzu.

»Genau das ist das Problem«, erklärte Laredo und legte Savannah den Arm um die Schultern.

»Ihr wisst nicht, wo Maggie ist?« Wieder fiel Grady auf, wie ruhig Carolines Tonfall war.

»Ich … Sie ist nach draußen gegangen, und als ich das letzte Mal nach ihr gesehen habe, saß sie auf der Veranda«, brachte Savannah unter Tränen hervor. »Ich habe sie überall gesucht und nach ihr gerufen. Ich habe keine Ahnung, wo sie sein könnte.«

»Offenbar hat sie nach mir gesucht«, meinte Laredo.

»Hast du sie denn gesehen?«, erkundigte sich Grady.

Laredo schüttelte den Kopf. »Nein.«

»Oh Caroline.« Savannah schluchzte. »Es tut mir so leid! Ich hätte sie nicht nach draußen gehen lassen dürfen.«

Caroline krallte die Finger in seinen Arm und blickte Grady entsetzt an.

Sein Herz krampfte sich zusammen. »Wir werden sie finden«, versprach er.

7. Kapitel

Die Anrufe, die alle Gesetzeshüter am meisten fürchteten, waren die, bei denen es um häusliche Gewalt und vermisste Kinder ging. Frank Hennessey bildete da keine Ausnahme. Er zog es sogar vor, jeden Tag mit einem betrunkenen, aggressiven Ehemann konfrontiert zu werden, als Eltern gegenüberzutreten, deren Kind verschwunden war. Zwar hatte er nie geheiratet und selbst eine Familie gegründet, aber im Laufe seiner Dienstjahre hatte er miterleben müssen, was diese Eltern durchmachten.

Der Anruf, dass Maggie Daniels verschwunden war, erreichte Frank kurz vor Dienstschluss. Grady Weston war am Apparat. Frank hatte Grady erst einmal in diesem Zustand erlebt, und zwar, als seine Eltern ertrunken waren.

»Seid ihr sicher, dass sie nicht irgendwo im Haus eingeschlafen ist?«, fragte Frank routinemäßig.

»Ja, wir sind sicher«, erwiderte Grady ungeduldig.

»Hat sie sich über irgendetwas aufgeregt?«

»Nein, sie hatte sich auf den Besuch gefreut«, meldete sich Caroline zu Wort, offenbar hatte Grady den Anruf auf Lautsprecher gestellt.

»Maggie ist nicht weggelaufen, falls du das denkst«, erklärte Grady grimmig.

Tatsächlich hatten seine Fragen darauf abgezielt, denn meistens war genau das der Fall. Frank seufzte betroffen. Er hatte zwar nicht viel Kontakt zu Kindern, doch Carolines Tochter mochte er sehr gern. Sie war ein Schatz, und beim Gedanken daran, dass ihr etwas passiert sein könnte, krampfte sich sein Magen zusammen.

»Kommst du, um einen Bericht zu schreiben, oder nicht?«, fragte Grady.

»Bin schon unterwegs.« Frank legte auf. Grady klang genauso besorgt und frustriert, wie er es getan hätte, wenn er der Vater des Kindes gewesen wäre. In solchen Situationen waren Familien oft wütend und ungeduldig und ließen ihre Wut an der Polizei aus, weil sie sich so hilflos fühlten. Das hatte er bereits einige Male erlebt. Manchmal hatten diese Fälle ein glückliches Ende genommen, weil man das verschwundene Kind gefunden hatte und zu seinen Eltern zurückbringen konnte.

Die anderen Fälle – es waren bisher zwei gewesen – würden ihn bis an sein Lebensende verfolgen. Das erste Kind war tot gewesen, das zweite nie wieder aufgetaucht.

Obwohl die Landstraße leer war, schaltete Frank das Blaulicht ein, als er zur Yellow Rose Ranch fuhr. Während der vierzigminütigen Fahrt betete er, dass Maggie wiederaufgetaucht sein würde, wenn er dort eintraf. Er war weder abergläubisch, noch glaubte er an Vorahnungen, aber er wusste, dass das nicht der Fall sein würde.

Und er behielt recht.

Kaum fuhr Frank auf den Hof, wurde die Haustür aufgerissen, und Grady stürmte auf die Veranda. Caroline, die ihm folgte, war kreidebleich.

»Danke, dass Sie gekommen sind«, sagte sie fest. Sie war eine starke Frau, und er bewunderte sie für ihre Kraft in dieser Situation.

Grady hielt ihm die Tür auf. »Savannah hat Kaffee aufgesetzt«, sagte er und ging voran in die Küche.

Frank betrachtete die kleine Gruppe, die sich dort versammelt hatte. Laredo hatte den Arm um Savannah gelegt, die am Rande eines Nervenzusammenbruchs zu sein schien. Ihre Augen waren rot und geschwollen.

»Es ist meine Schuld«, sagte sie.

»Es geht nicht um Schuldzuweisungen.« Grady bedachte sie mit einem liebevollen Blick. Dann holte er die Kaffeekanne und füllte die Tassen, die auf dem Tisch standen.

»Aber ich sollte auf sie aufpassen«, meinte sie, als Frank sich Milch in den Kaffee goss.

»Es spielt keine Rolle, wer auf sie aufgepasst hat«, erklärte Caroline mit bebender Stimme. »Wichtig ist nur, dass wir nicht wissen, wo Maggie jetzt ist.«

»Wir finden sie schon«, beharrte Wiley Rogers. »Keine Angst, wir werden so lange suchen, bis wir Maggie gefunden haben.«

Frank hatte ähnliche Versprechen oft gehört und gesehen, wie Familien ihre gesamten Ersparnisse in die Suche investierten und sich aufopferten, um das vermisste Kind zu finden. Manchmal waren sie sogar daran zerbrochen. Als er vor zwanzig Jahren nach Promise gezogen war, hatte er gehofft, so etwas nie wieder erleben zu müssen. Doch er hatte sich geirrt.

»Savannah, da du Maggie als Letzte gesehen hast, sollten wir mit dir anfangen.« Er nahm sein kleines Notizbuch aus der Brusttasche. »Du warst doch die Letzte, stimmt's?«

Savannah nickte, und Laredo zog sie an sich, als wollte er sie beschützen. Frank konnte gut nachvollziehen, wie ihr zumute sein musste. Er ließ den Blick zu den anderen Anwesenden schweifen.

Dabei fiel ihm auf, dass ein Familienmitglied fehlte. »Wo ist Richard?«, fragte er.

»In der Stadt, schätze ich«, erwiderte Grady.

»Mit welchem Wagen?«

»Mein Pick-up ist nicht da. Also hat er wohl den genommen.«

Frank zog sein Handy hervor. »Ich möchte, dass er herkommt.«

»Natürlich«, sagte Savannah. »Wir haben schon versucht, ihn auf dem Handy zu erreichen. Aber er geht nicht ran.«

»Ihr glaubt doch nicht, dass er Maggie mitgenommen hat, oder?« Caroline blickte Grady und Savannah an. »Ich meine, wir dachten, er wäre weggefahren, bevor Maggie verschwunden ist, aber …« Sie verstummte.

»Mutmaßungen bringen uns nicht weiter.« Frank tippte auf den Kontakt seines Hilfssheriffs Al und hob das Smartphone ans Ohr. Sobald Al ranging, wies er ihn an, durch die Stadt zu fahren und Richard Weston zu suchen. Falls er Richard nicht fand, sollte Al zumindest jemanden auftreiben, der ihn gesehen hatte, und sich dann so bald wie möglich bei ihm melden.

Während er auf Als Rückruf wartete, fuhr Frank fort, Savannah und Laredo zu befragen. Nach einer Stunde klingelte sein Handy. Caroline sprang auf und blickte Frank hoffnungsvoll an.

Al hatte weder Richard noch Gradys Pick-up gefunden, und niemand hatte Richard gesehen, weder an diesem Tag noch am Vortag. Al berichtete, er sei nicht der Einzige, der Richard suche, aber Frank verlor darüber kein Wort, weil die Westons seiner Meinung nach gerade schon genug Probleme hatten.

»Du glaubst doch nicht, dass Richard die Kleine mitgenommen hat, oder?«, erkundigte sich Savannah, nachdem er ihnen die Ergebnisse von Als Nachforschungen geschildert hatte.

»Maggie ist verschwunden und Richard auch, so viel steht fest.«

»Aber ich bin sicher, dass Richard schon vorher weggefahren ist«, erklärte Savannah.

»Ich nicht«, bemerkte Laredo. »Ich habe den Pick-up gesehen. Und zu dem Zeitpunkt war Maggie noch bei dir im Haus.«

***

Caroline saß auf der Veranda und hatte die Arme schützend vor der Brust verschränkt. Frank Hennessey war vor einigen Stunden wieder gefahren, da er ohnehin nichts mehr tun konnte. Vorher hatte er sämtliche Sheriffs in Texas und den angrenzenden Staaten über Maggies Verschwinden informiert. Savannah hatte ihm ein Foto gegeben, das er mitgenommen hatte. Bald würde es in jeder Polizeiwache im Südwesten aushängen. Außerdem wurde nach Richard gefahndet. Soweit Caroline wusste, hatte es etwas mit den Informationen zu tun, die Frank Hennessey erhalten hatte. Offenbar hatte Richard im Osten ein Verbrechen begangen. Sie hatte keine Ahnung, worum es sich handelte, aber momentan war es ihr auch egal. Sie wollte nur ihre Tochter wiederbekommen.

Die anderen waren mittlerweile ins Bett gegangen, da sie ihr ohnehin nicht helfen konnten. Frank hatte angeboten, auf dem Rückweg hinter ihr herzufahren, doch sie wollte die Ranch nicht verlassen. Falls, nein, *wenn* Maggie zurückkam, wollte sie da sein.

Caroline wusste, dass die anderen genauso wenig schlafen konnten wie sie. Sie hatte sich von Savannah ein Nachthemd geliehen und so getan, als würde sie sich hinlegen. Aber sie hatte es nicht lange in ihrem Zimmer ausgehalten und sich wieder angezogen, um sich nach draußen zu schleichen. Nun saß sie auf der Verandatreppe und blickte starr in die Dunkelheit.

Kurz darauf kam Grady nach draußen. Schweigend setzte er sich neben sie und nahm ihre Hand in seine.

»Ich habe solche Angst.« Es war das erste Mal, dass sie es sich eingestand.

»Ich auch.«

Verzweifelt lehnte sie den Kopf an seine Schulter, und Grady zog sie an sich.

»Glaubst du, sie ist bei Richard?« Sie wurde den Gedanken einfach nicht los, denn beide waren zur selben Zeit verschwunden. Allerdings ergab es keinen Sinn, denn trotz seiner Fehler war Richard mit Sicherheit kein Kindesentführer.

»Ich kann mir nicht vorstellen, dass Richard dazu in der Lage wäre«, erwiderte Grady leise.

Caroline rief sich ins Gedächtnis, dass der Sheriff glaubte, es könnte eine Verbindung zwischen Maggies und Richards Verschwinden geben. Sie begriff nur nicht, was es sein konnte.

»Du solltest versuchen zu schlafen«, sagte Grady nachdrücklich.

»Ich kann nicht.« Sobald sie die Augen schloss, ging ihre Fantasie mit ihr durch, und sie stellte sich vor, dass ihre Tochter verletzt war und nach ihr rief.

»Ich auch nicht.«

»Oh Grady.« Ihre Stimme bebte. »Wo kann sie sein?«

Es dauerte einen Moment, bis er antwortete, und sie wusste, dass er genauso frustriert und besorgt war wie sie. »Ich wünschte, ich wüsste es.«

Es fiel ihr zunehmend schwerer, noch zu hoffen. Als sie die Stille nicht mehr ertragen konnte, barg sie das Gesicht in den Händen und schluchzte. »Ich möchte meine Tochter zurückhaben!«

Obwohl sie versuchte, stark zu sein, konnte sie die

Tränen nicht mehr zurückhalten. Sie war kurz davor, hysterisch zu werden.

Grady zog sie an sich, und sie klammerte sich an ihn, am ganzen Körper zitternd. Nur selten zuvor hatte sie jemanden so gebraucht, wie sie ihn in diesem Moment brauchte. Sie weinte und weinte, bis sie keine Tränen mehr hatte.

»Das hier ist wohl nicht der richtige Zeitpunkt, um es dir zu sagen, aber du sollst es wissen«, flüsterte er, und seine Lippen strichen dabei sanft über ihr Ohr. »Ich liebe dich, Caroline.«

»Oh Grady«, brachte sie unter Schluchzen hervor.

»Ich weiß, du musst dich erst daran gewöhnen, aber vielleicht gibt es dir Rückhalt. Ich möchte dir helfen, und ich werde alles in meiner Macht Stehende tun, um Maggie nach Hause zu holen.«

Verzweifelt klammerte sie sich an ihn. »Ich liebe dich auch«, erwiderte sie erstickt, wusste aber nicht, ob er es hörte.

»Wir werden Maggie finden«, versprach er.

Seine Zuversicht ließ sie einen Funken Hoffnung schöpfen.

»Es wird alles gut, hörst du?«

Caroline nickte. Sie hätte ihm so gern geglaubt.

Lieber Gott, flehte sie stumm, bitte bring mir meine Tochter zurück.

Doch in diesem Moment schien Gott weit weg zu sein.

***

Ihre Augen brannten vom vielen Weinen, aber Maggie wollte nicht, dass Richard sie hörte, weil er schon böse geworden war und sie angeschrien hatte. Sie kauerte sich in eine Ecke des alten Hauses, in dem früher einmal ein Geschäft gewesen sein musste. Draußen wurde es langsam dunkel, doch durch die Tür fiel noch etwas Licht herein. Richard hatte ihr befohlen, in dem Raum zu bleiben, und war dann verschwunden. Sie mochte ihn nicht mehr, auch wenn er ihr Zaubertricks zeigte.

Er war gemein, denn er hatte geschimpft und sogar mit Gegenständen geworfen. Er hatte einen richtigen Wutanfall bekommen, als er sie auf der Ladefläche von Gradys Auto gefunden hatte.

Ihr Magen knurrte, doch sie hatte sich bereits nach etwas zu essen umgesehen und nichts gefunden. Wäre sie bloß mit ihrer Mommy und Grady reiten gegangen! Sie hatte zwar Angst vor Pferden, aber lange nicht so viel wie jetzt.

Schließlich traute sie sich doch nach draußen. »Richard, ich möchte jetzt nach Hause, okay?«

»Hm, du kannst nicht alles haben, was du willst.« Er saß in einem Schaukelstuhl und hielt eine große Flasche in der Hand, aus der er ab und zu einen Schluck nahm.

»Können wir zur Ranch zurückfahren?«, fragte Maggie.

»Nein«, entgegnete er scharf und lachte, als sie ängstlich einen Schritt zurückwich. »Ich habe eine Idee.« Er beugte sich zu ihr. »Warum fällst du nicht in irgendeinen leeren Brunnen? Dann würdest du mir eine Menge Ärger ersparen.«

Maggie rannte ins Haus zurück und setzte sich auf den einzigen Stuhl im Raum. Als es dunkel war, wagte sie sich wieder nach draußen und lief zu dem Stall, in dem er das Auto abgestellt hatte. Obwohl der Mond schien, ging sie ganz vorsichtig, weil sie Angst vor Löchern in der Straße und Schlangen hatte ... und vor Richard. Sie kletterte wieder auf die Ladefläche des Pick-ups und kroch in den Schlafsack, den sie dort vorher entdeckt hatte. Sie fror und war hungrig und fürchtete sich so wie noch nie zuvor in ihrem Leben.

Ab und zu hörte sie Richard. Er spielte Gitarre und sang dazu, aber es klang schief. Vorher hatte sie immer geglaubt, er könnte singen.

Bald darauf schlief Maggie ein, und als sie wieder aufwachte, fiel Licht durch einen Spalt in der Stalltür. Sie hatte richtig Bauchschmerzen vor Hunger.

Sie kletterte vom Wagen herunter und ging zur Hauptstraße zurück. Es war noch früh am Morgen und ganz still.

Richard saß immer noch im Schaukelstuhl und schlief. Seine Gitarre und die leere Flasche lagen neben ihm auf den Holzplanken. Er hatte die Beine ausgestreckt, und seine Arme hingen schlaff herunter.

»Richard«, flüsterte Maggie, »ich hab Hunger.«

Daraufhin öffnete er die Augen und blinzelte ein paarmal.

»Ich hab Hunger«, wiederholte sie, diesmal lauter.

»Verschwinde, Kleine.«

»Ich will zu meiner Mommy.« Ihre Lippen bebten. »Es gefällt mir hier nicht. Ich will nach Hause.«

Langsam setzte er sich auf und rieb sich die Augen. »Verschwinde, ja?«

Prompt begann sie zu weinen. Sie hatte immer gedacht, er wäre ihr Freund.

»Hör auf damit!«, schrie Richard und blickte sie finster an.

Schluchzend lief Maggie weg.

»Maggie!«, rief er ihr hinterher, doch sie lief weiter, zwischen zwei Häusern hindurch.

»Verdammt!«

Sie tat so, als würde sie ihn nicht hören, und da sie Angst hatte, dass er ihr folgte, schlich sie sich seitlich an einem Haus entlang und schlüpfte dann hinein. Es war auch einmal ein Geschäft gewesen.

Die Stadt war alt. Sehr alt. Es roch ganz komisch, und keines der Gebäude war gestrichen. Bestimmt hatte hier schon ganz lange niemand mehr gelebt. In einigen Häusern waren Sachen. Hier gab es einen Tisch und Regale. Aber in den Regalen standen nur ein paar Konserven, die ganz merkwürdig aussahen – als würden sie gleich platzen. Außerdem entdeckte sie dort eine Kasse. Maggie versuchte, sie zu öffnen, doch es ging nicht.

Sie wusste nicht, was für ein Geschäft es einmal gewesen war, aber es stand ein großer Schrank darin. Vielleicht konnte sie sich darin vor Richard verstecken. Als sie die Tür öffnete, fand sie eine Puppe auf einem der Schrankborde. Sie war alt und trug ein Baumwollkleid mit einer Schürze und eine Haube. Die Sachen waren verblichen, und ihr Gesicht war aufgestickt. So eine Puppe hatte sie noch nie gesehen.

»Hast du auch Angst?«, fragte Maggie die Puppe.

Plötzlich hörte sie draußen Richards Schritte.

»Maggie, verdammt! Du könntest dich verletzen, wenn du hier allein herumläufst.«

Es war ihr egal, was er sagte, denn sie mochte ihn nicht. Schnell kroch sie in den Schrank und zog die Tür zu. Allerdings ließ sie sie einen Spaltbreit geöffnet, damit sie nach draußen sehen konnte.

»Hast du Hunger?«, rief er.

Sie beobachtete, wie er auf der Schwelle stehen blieb und in das Geschäft schaute. Das Herz schlug ihr bis zum Hals, und sie biss sich auf die Lippe.

»Nun komm schon, Kleine«, sagte er unwirsch.

Maggie presste die Puppe an sich und schloss die Augen. Sie wollte, dass Richard wegging.

»Ich mache jetzt Frühstück«, fuhr er fort und ging wieder. Seine Schritte hallten auf dem hölzernen Bürgersteig wider. »Wenn du willst, kannst du mitessen.«

Eine ganze Weile saß sie regungslos da, bis ihr der Duft von gebratenem Speck in die Nase stieg. Wieder knurrte ihr Magen. Der Speck roch so gut. Es war so lange her, seit sie das letzte Mal etwas gegessen hatte.

Sie hielt die Puppe vor sich und betrachtete ihr Gesicht. Es war ein trauriges Gesicht, als würde sie gleich weinen. Maggie war auch nach Weinen zumute. Sie vermisste ihre Mommy.

Sie nahm den Rucksack ab und schob die traurige Puppe vorsichtig hinein.

»Ich habe dir Eier und Speck gemacht!«, rief Richard.

Diesmal konnte sie der Versuchung nicht widerstehen. Sie kroch aus dem Schrank und verließ langsam das Gebäude.

»Da bist du ja.« Er hielt ihr einen Teller entgegen.

Da sie ihm nicht mehr vertraute, ging sie vorsichtig auf ihn zu. Wenn er etwas Gemeines zu ihr sagte, würde sie wieder weglaufen.

»Tut mir leid, dass ich dich angeschrien habe«, fuhr er fort.

»Du hast was ganz Böses zu mir gesagt.«

»Das tut mir auch leid.«

»Bringst du mich jetzt nach Hause?« Sie stand mitten auf der Straße.

Richard lehnte an dem Pfosten, an dem die Leute früher ihre Pferde angebunden hatten. Er sah überhaupt nicht so aus, als würde es ihm leidtun.

Ihr Magen knurrte vor Hunger.

»Willst du jetzt wirklich nach Hause?«, fragte Richard überrascht.

»Ich möchte zu meiner Mommy.«

»Okay, okay, aber wir müssen erst darüber reden.« Er stellte den Teller weg und setzte sich auf die Stufen, die zu dem erhöhten Bürgersteig führten.

»Warum?«

Richard kratzte sich am Kopf. »Erinnerst du dich daran, wie wütend Grady auf Savannah war, weil sie zu der Geisterstadt gefahren ist?«

Maggie nickte. Grady war richtig böse auf Savannah gewesen, als er erfahren hatte, dass sie dort gewesen war. Savannah hatte nach besonderen Rosen gesucht. Sogar Laredo war nicht begeistert gewesen, als sie noch einmal hinfahren wollte.

»Das hier ist sehr wichtig«, fuhr Richard leise fort. »Du darfst niemandem erzählen, wo du gewesen bist, verstanden?«

Maggie hob das Kinn. »Warum nicht?«

»Du hast deine Mommy doch lieb, oder?«

Sie nickte.

»Wenn irgendjemand erfährt, dass du hier gewesen bist …« Er verstummte und blickte sich um, als hätte er Angst davor, belauscht zu werden. »Wenn jemand es erfährt, wird deiner Mutter etwas ganz Schlimmes passieren.«

Mit aufgerissenen Augen sah sie ihn an.

»Weißt du, was Geister sind?«, fragte er.

»Letztes Halloween hat Melissa Washington sich ein Laken übergehängt und gesagt, dass sie ein Geist ist«, erwiderte sie.

»Es gibt gute Geister und böse Geister.«

»Und was für Geister leben hier?«, flüsterte sie.

»Böse.« Es klang unheimlich, als wollte er ihr Angst machen.

»Böse?«, wiederholte sie matt.

»Sehr böse sogar, und wenn du es irgendjemandem erzählst, werden sie es erfahren und deiner Mutter wehtun.«

»Wie … Wie werden sie Mommy wehtun?«

»Das willst du bestimmt nicht wissen, Kleine.«

Maggie blinzelte. Sie wusste nicht, ob sie ihm glauben sollte.

»Erinnerst du dich noch daran, wie Wiley sich geschnitten hat und Savannah ihm die Hand verbinden musste?«

»Ja …«

»Genau das werden die bösen Geister mit deiner Mommy machen – allerdings nicht nur mit ihrer Hand.«

Plötzlich vergaß sie das Essen. Wileys Hand hatte geblutet und geblutet. Überall war Blut gewesen. Allein beim Anblick war ihr schlecht geworden.

»Du möchtest doch nicht, dass deiner Mommy so etwas Schlimmes passiert, oder?«

Maggie schüttelte den Kopf.

»Das glaube ich auch nicht.«

»Kann ich jetzt nach Hause?«

Richard betrachtete sie eine Weile. »Und du erzählst es auch wirklich niemandem?«

»Nein.«

»Ehrenwort?«

»Ehrenwort.« Sie legte die Hand aufs Herz.

»Dann kann ich dich ja nach Hause bringen.«

Maggie seufzte erleichtert. Sie war müde und hungrig und sehnte sich nach ihrer Mommy.

Richard half ihr beim Einsteigen in Gradys Pick-up. Sie musste sich auf dem Sitz zusammenrollen und durfte nicht hochblicken. Immer wenn sie die Augen schloss, dachte sie an einen bösen Geist und daran, was ihrer Mutter passieren könnte, wenn sie jemandem erzählte, wo sie gewesen war. Sie war sich nicht sicher, ob Richard sie angelogen hatte, aber sie durfte kein Risiko eingehen. Jetzt wusste sie, warum Grady damals so wütend auf Savannah gewesen war. Diese Stadt war wirklich unheimlich.

Der Wagen schaukelte hin und her, aber Richard erlaubte ihr erst, sich hinzusetzen und aus dem Fenster zu schauen, als sie wieder auf der richtigen Straße fuhren.

»Vergiss nicht, dass du mich nicht gesehen hast. Verstanden?«

»Ich hab dich nicht gesehen«, wiederholte Maggie brav.

»Das Leben deiner Mutter hängt davon ab, ob du die Klappe hältst. Du möchtest doch nicht, dass deine Mutter stirbt, oder?«

»Nein.«

»Gut. Denk daran, wenn du das erste Mal überlegst, jemandem zu erzählen, wo du warst.«

»Ich denk daran. Ich erzähl es nicht.« Sie wollte nicht, dass ihre Mutter starb. So wie ihre Großmutter. Oder Savannahs Eltern. Oder Emma Bishops Daddy.

Richard brachte sie nicht ganz bis zur Yellow Rose Ranch. Am oberen Ende der Auffahrt hielt er an, beugte sich herüber und öffnete die Beifahrertür.

»Vergiss nicht, was ich dir gesagt habe.« Seine Augen funkelten bedrohlich.

»Nein, ich vergesse es nicht.« Bevor er es sich anders überlegen konnte, sprang Maggie aus dem Wagen. Dabei fiel sie hin und schürfte sich die Ellbogen auf. Sie fing an zu weinen und nahm daher kaum wahr, dass er mit quietschenden Reifen wegfuhr.

Der Rucksack schlug ihr gegen den Rücken, als sie auf das Ranchhaus zulief. Da die Auffahrt sehr lang war, dauerte es eine Weile, bis es in Sicht kam.

Grady stand mit einer Tasse Kaffee in der Hand auf der Veranda, doch sobald er Maggie sah, schrie er auf und warf die Tasse weg. Dann sprang er von der Veranda und lief ihr entgegen.

Nur wenige Sekunden später erschien ihre Mutter auf der Türschwelle und schlug sich die Hand vor den Mund, als sie Maggie sah. Dann rannte sie ihr auch entgegen. Noch nie hatte Maggie sich so gefreut, ihre Mutter zu sehen. Sie freute sich sogar, Grady zu sehen. Er ließ ihrer Mommy den Vortritt. Das gefiel ihr.

Die nahm sie in die Arme und drückte sie an sich. Dann fing sie an zu weinen. Bestimmt fürchtet sie sich vor den bösen Geistern, überlegte Maggie. Doch sie würde es niemandem erzählen. *Niemals.*

Nun nahm Grady sie beide in die Arme. Er schloss die Augen, und als er sie wieder öffnete, lächelte er Maggie an. Sein Lächeln gefiel ihr auch.

»Sind wir froh, dich zu sehen!«, sagte er.

***

Savannah wischte sich die Tränen von den Wangen, als sie den Weg in ihrem Rosengarten entlangging. An diesem Morgen hatte sie kein Auge für die Schönheit ihrer Rosen und fand auch keinen Trost in ihrem Anblick. Einen Tag wie den gestrigen wollte sie niemals wieder erleben.

Obwohl Caroline ihr wiederholt versichert hatte, sie sei nicht schuld an Maggies Verschwinden, machte Savannah sich schwere Vorwürfe. Statt Brot zu backen und dabei an Grady und Caroline zu denken, hätte sie auf Maggie aufpassen sollen.

»Ich habe mir schon gedacht, dass ich dich hier finden würde«, sagte Laredo, der in diesem Moment hinter ihr auftauchte.

Er sollte nicht merken, dass sie geweint hatte, aber sie wusste nicht, ob sie es vor ihm verbergen konnte.

»Warum bist du immer noch so traurig, Schatz? Maggie ist doch wieder da.«

»Ich weiß.«

»Was macht dir dann Sorgen?«

Ein beklemmendes Gefühl beschlich sie. »Mein Bruder.«

Laredo umfasste ihre Schultern. »Richard?«

Savannah nickte. »Er hat etwas mit Maggies Verschwinden zu tun. Ich weiß es.«

»Ja, es ist wirklich merkwürdig.«

»Maggie will partout nicht sagen, wo sie gewesen ist. Selbst der Sheriff hat es nicht aus ihr herausbekommen.«

»Es spielt keine Rolle. Jetzt ist sie wieder zu Hause.«

»Doch, das tut es«, erklärte sie vehement. »Was haben Grady und ich bloß falsch gemacht?«

»Liebling, dein Bruder ist erwachsen und trifft seine eigenen Entscheidungen. Du hast nichts falsch gemacht. Du bist seine Schwester, nicht seine Mutter, und selbst wenn du das wärst, würde ich dir dasselbe sagen. Richard ist für sich selbst verantwortlich.«

»Mein Verstand sagt mir, dass du recht hast. Trotzdem tut es weh.«

Laredo führte sie zu einem der weißen schmiedeeisernen Stühle.

»Ich habe Grady überredet, ihn nicht hinauszuwerfen.«

»Ja, aber weil Richard dein Bruder ist.«

»Wenn ich damals auf Grady gehört hätte, wäre das alles nicht passiert.«

»Oh mein Schatz, das ist das Risiko, wenn man ein großes Herz hat. Irgendjemand nutzt es immer aus. Es tut mir leid, dass es diesmal dein eigener Bruder ist.«

»Er hat so vielen Menschen wehgetan.« Das machte ihr am meisten zu schaffen. Wer wusste schon, wie viele er hintergangen hatte? Zweifellos hatte Richard vielen geschadet, wo immer er sich in den vergangenen sechs Jahren auch aufgehalten haben mochte. Genauso wie er die Leute aus Promise betrogen und gedemütigt hatte. Im Grunde war es *ihre* Schuld, und sie wusste nicht, ob sie es sich je verzeihen würde. »Grady hätte ihn gleich wegschicken sollen«, stieß sie aufgebracht hervor.

»Du glaubst also nicht, dass er zurückkommt?«

Sie schüttelte den Kopf. »Seine Sachen sind weg.«

»Alle?«

Sie nickte und schluckte mühsam. »Und Gradys Pickup auch.«

Laredo fluchte leise. »Hat Grady mit Sheriff Hennessey gesprochen?«

Savannah blickte auf ihre Hände, die sie zu Fäusten geballt hatte. »Ja«, erwiderte sie leise. »Dabei hat er auch erfahren …«

»Was hat er erfahren?«

Sie seufzte. »Richard hat in Promise Waren im Wert von Tausenden von Dollar gekauft. Er schuldet jedem in der Stadt Geld. Den Scheck, von dem er allen erzählt hat, hat es nie gegeben. Richard hatte überhaupt nicht vor, seine Schulden zu bezahlen, und jetzt ist er verschwunden.« Für einen Moment schloss sie die Augen, um die aufsteigenden Tränen zu unterdrücken. »Du hättest Gradys Gesicht sehen sollen, als Frank es ihm erzählt hat. Es war derselbe Gesichtsausdruck wie vor sechs Jahren, als Grady erfahren hat, was Richard getan hatte. Nach Moms und Dads Tod …«

Nie hätte sie es für möglich gehalten, dass sie einmal so wütend sein könnte. Nun sah sie ihren Mann wieder an. »Ich glaube, ich hasse meinen eigenen Bruder.«

8. Kapitel

Richard war mittlerweile seit einer Woche verschwunden. Für Grady war das Segen und Fluch zugleich. Erst jetzt wurde ihm das ganze Ausmaß des Schadens bewusst, den sein Bruder angerichtet hatte. Jeden Tag trafen neue Rechnungen für Sachen ein, die Richard auf Kosten seiner Familie gekauft hatte.

Sie stapelten sich auf seinem Schreibtisch, und immer wenn Grady einen Blick darauf warf, wurde er noch wütender.

In den meisten Geschäften der Stadt wurden Kreditkarten akzeptiert, doch die Rancher zahlten nicht gern damit. Er besaß nur eine für Notfälle, die er im hintersten Fach seiner Brieftasche aufbewahrte. Ansonsten zahlte er entweder bar oder ließ die Waren auf die Rechnung setzen, die er dann immer am Ende des Monats beglich.

Richard hatte sich bereit erklärt, sich um die Besorgungen zu kümmern, und Grady hatte eingewilligt, zumal Laredo, Wiley und er dadurch mehr Zeit für die Arbeit auf der Ranch hatten.

Richards Schulden beliefen sich auf fast achttausend Dollar, und darin war das Geld für seine ersten Einkäufe noch gar nicht enthalten. Er war äußerst geschickt vorgegangen, hatte die Waren zurückgebracht und das Guthaben für den Kauf anderer Dinge verwendet. Die Ladeninhaber hatten ihm vertraut. Sie hatten dem Namen Weston vertraut.

Jetzt war Richard verschwunden, und genau wie vor sechs Jahren musste Grady die Konsequenzen tragen.

Er schnappte sich seinen Stetson und verließ das Büro. Draußen war es heiß, obwohl es erst neun Uhr morgens war, und er wollte sich mit Wiley und den Saisonarbeitern in der Nähe von Gully Creek treffen.

Als er zum Stall ging, sah er Franks Streifenwagen in einer Staubwolke die Auffahrt entlangpreschen. Er blieb stehen und wartete. Vielleicht hatte der Sheriff inzwischen etwas über Richard und den gestohlenen Pick-up in Erfahrung gebracht. Anders als damals hatte Grady inzwischen keine Skrupel mehr, seinen Bruder anzuzeigen. Er wollte, dass Richard verhaftet und belangt wurde. Denn er verdiente eine Haftstrafe, und sei es nur für das, was er Caroline angetan hatte. Warum er Maggie entführt hatte, war Grady allerdings ein Rätsel.

Die Kleine schien sich wieder von ihrem Erlebnis erholt zu haben. Sie klammerte sich zwar an ihre Mutter, doch das war nur verständlich. Obwohl sie sich nach wie vor darüber ausschwieg, wo oder bei wem sie gewesen war, konnte sich jeder ausrechnen, dass es Richard gewesen sein musste. Zum Glück hatte sein Bruder wenigstens so viel Anstand besessen, das Mädchen zu ihrer Mutter zurückzubringen.

Frank parkte auf dem Hof und stieg langsam aus. »Morgen, Grady.« Er tippte sich an den Hut.

»Frank.« Grady nickte ihm zu. »Ich hoffe, du hast gute Neuigkeiten.«

»Gute und schlechte«, erwiderte der Sheriff.

In stillschweigender Übereinkunft gingen sie in die Küche, um Kaffee zu trinken. Savannah saß gerade in ihrem Büro und aktualisierte ihren Onlineshop, doch sie hatte kurz zuvor Kaffee aufgesetzt.

Grady schenkte ihnen ein. Doch anstatt Platz zu nehmen, lehnte er sich an die Küchentheke. »Was hast du in Erfahrung gebracht?«, erkundigte er sich nach einer Weile.

Frank war ebenfalls stehen geblieben. »Man hat deinen Pick-up gefunden.«

Das war eine erfreuliche Überraschung. Grady fuhr den alten Ford bereits seit zehn Jahren und hatte sich an das Auto gewöhnt. Er wollte ungern einen neuen Wagen kaufen, vor allem in Anbetracht der zahlreichen Rechnungen.

»Richard hat ihn in Brewster abgestellt«, berichtete Frank, »und einen anderen Wagen gestohlen.«

In dem Fall wäre es Grady lieber gewesen, wenn Richard seinen Wagen behalten hätte.

»Es war ein neueres Modell.« Frank lachte leise. »Offenbar war deiner ihm nicht schick genug. Und dieser andere Pick-up hatte einen zusätzlichen Vorteil.«

»Welchen?«

»Der Besitzer hat ein Gewehr darin gehabt.«

Grady dachte einen Moment darüber nach. »Du glaubst doch nicht, dass Richard es benutzen würde, oder?«, fragte er schließlich.

Der Sheriff zuckte mit den Schultern. »Zutrauen würde ich es ihm schon – wenn es sich so ergibt.«

Richard hatte sich zwar als hinterhältiger Kerl und Taugenichts erwiesen, aber dass er so brutal war und nicht davor zurückschreckte, eine Waffe zu gebrauchen, konnte Grady sich kaum vorstellen. »Wie kommst du darauf?«, fragte er besorgt. Am vergangenen Abend hatte Frank kurz auf ein früheres Vergehen von Richard angespielt, doch zu dem Zeitpunkt hatten sie alle nur an Maggie gedacht. »Was weißt du über Richard?«

»Ich sage es dir nicht gern, aber in New York wurde ein Haftbefehl gegen ihn ausgestellt.«

»In New York? Und wessen wird er beschuldigt?«

»Die Liste ist ellenlang«, erklärte Frank bedauernd. »Erpressung zum Beispiel. Richard ist in diverse Betrügereien verwickelt, und bei den Geschädigten handelt es sich vor allem um Einwanderer aus Mittel- und Südamerika. Offenbar hat er sie ins Land gelockt und ihnen eine Unterkunft und Arbeit versprochen. Er hat sie zu unmenschlichen Bedingungen in Lagerhäusern untergebracht und sie gezwungen, schlecht bezahlte Jobs anzunehmen. Den größten Teil ihres Lohns hat er dann einbehalten. Als seine Machenschaften aufgeflogen sind, hat das an der Ostküste Schlagzeilen gemacht. Irgendwie hat er es geschafft, die Kaution zusammenzukratzen, und ist gleich nach seiner Entlassung untergetaucht.«

Grady war wütend auf Richard und auch auf sich selbst gewesen, weil er seinem Bruder erlaubt hatte, sich wieder in ihr Leben zu schleichen. Richard hatte Savannah und ihn ausgenutzt, und das war schlimm genug. Aber dass er ein professioneller Betrüger war, machte Grady krank. Wie hatte sein eigener Bruder, der mit ihm zusammen aufgewachsen war, nur so tief sinken können?

»Es tut mir leid, dass du es von mir erfahren musstest«, entschuldigte Frank sich wieder.

»Schon gut.« Seine Stimme klang fremd und abwesend, selbst in seinen eigenen Ohren.

»Wenn wir Richard finden, bleibt mir nichts anderes übrig, als ihn zu verhaften.«

»Das verstehe ich.«

»Ich habe heute Morgen mit dem Bezirksstaatsanwalt von New York telefoniert«, berichtete Frank. »Anscheinend wird in der Presse ziemlich viel über Richards Verhaftung und seine Vergehen berichtet. Er hat vielen Leuten geschadet, Grady.«

»Was ist bloß mit ihm passiert? Wie ist er so geworden?« Grady erwartete eigentlich keine Antwort auf diese Fragen.

Frank schüttelte den Kopf. »Zum Teufel, wenn ich das wüsste! Ich habe Richard immer gemocht. Weißt du, in meiner Dienstzeit habe ich einige Leute kennengelernt, die genauso verdorben sind, und ich glaube nicht, dass man es immer mit dem Umfeld erklären kann. Eure Eltern waren großartige Menschen und haben ihn richtig erzogen. Es liegt an ihm selbst.«

Natürlich wusste Grady das. Trotzdem half es ihm, die Bestätigung aus dem Mund eines erfahrenen Gesetzeshüters wie Frank zu hören.

»Irgendwann wird man Richard schnappen«, fuhr der Sheriff fort, als müsste er ihn auf das Unvermeidliche vorbereiten. »Und dann wandert er gleich ins Gefängnis.«

Obwohl ihm nicht wohl bei der Vorstellung war, dass sein Bruder ins Gefängnis kam, galt sein Mitgefühl vielmehr den Menschen, die Richard betrogen hatte.

Nachdem er Frank zu dessen Wagen begleitet hatte, ging er in den Stall. Er pfiff nach Rocket und blieb abrupt stehen, als dieser nicht kam. Da Rocket mittlerweile schlecht hörte und an Arthritis litt, lag er meistens auf der Veranda. Trotzdem kam er noch gern mit in den Stall. Er beschloss, für alle Fälle nach ihm zu sehen. Rocket war bereits sieben Jahre alt gewesen, als Gradys Eltern ums Leben gekommen waren. In den entbehrungsreichen Jahren danach war er ihm ein treuer Freund und echter Trost gewesen.

Grady lächelte, als er den Hund auf seiner Decke liegen sah, und pfiff noch einmal. »Komm, Junge, wir haben zu tun.«

Rocket rührte sich nicht.

Grady ging auf die Veranda zu. Eine schreckliche Vorahnung befiel ihn, und er befürchtete das Schlimmste, als er die Stufen erreichte.

»Rocket«, flüsterte er und ging neben dem Hund in die Hocke.

Als er ihn berührte, bestätigten sich seine Befürchtungen. Rocket war tot. Offenbar war er im Schlaf gestorben.

Tiefe Traurigkeit überkam Grady. Hunde kamen und gingen auf einer Ranch, und er hatte bereits die bittere Erfahrung gemacht, was es bedeutete, wenn man sein Herz zu sehr an ein Tier hängte. Aber Rocket war etwas Besonderes gewesen, loyal und intelligent – der beste Hund, den er je besessen hatte. Außerdem war er ein Teil von seinem Vater gewesen.

Seine Kehle fühlte sich wie zugeschnürt an, und für einige Minuten senkte er kraftlos den Kopf. Er versuchte nicht einmal, die Tränen zu unterdrücken.

Sobald er die Fassung wiedergewonnen hatte, machte er sich auf die Suche nach seiner Schwester. Sie arbeitete gerade in ihrem Garten. »Ich brauche eine Schaufel«, verkündete er ausdruckslos.

Wie er erwartet hatte, merkte sie sofort, dass etwas nicht stimmte. »Was ist passiert?«

Er versuchte, sich zusammenzureißen. »Rocket ist von uns gegangen. Es scheint so, als wäre er im Schlaf gestorben.«

Ihre Augen füllten sich mit Tränen. »Oh Grady, es tut mir so leid! Ich weiß, wie sehr du ihn geliebt hast.«

»Er war nur ein Hund«, spielte er seine Gefühle herunter.

»Aber kein gewöhnlicher Hund«, entgegnete sie sanft.

»Stimmt. Wenn du nichts dagegen hast, würde ich ihn gern in deinem Garten begraben – bei dem Rosenbusch, den du nach Mom benannt hast.«

Savannah nickte stumm.

Sie sah ihm zu, als er das Grab aushob. Die körperliche Anstrengung half ihm dabei, den Schmerz abzureagieren. Immer wieder rief er sich ins Gedächtnis, dass Rocket nur ein Hund war, doch es nützte nichts.

Als er das Grab wieder mit Erde bedeckt hatte, stellte er einen Stein auf, um die Stelle zu markieren. Savannah stand neben ihm.

»Auf Wiedersehen, Rocket«, flüsterte sie.

»Auf Wiedersehen, alter Freund«, sagte er.

Schluchzend fiel sie ihm in die Arme. Während er sie festhielt, kämpfte er selbst mit den Tränen. Ein Bild tauchte vor seinem geistigen Auge auf – sein Vater war in die Hocke gegangen, und Rocket lief zu ihm und leckte ihm freudig das Gesicht. Die beiden waren jetzt wiedervereint, aber Grady würde lange brauchen, um über den Verlust hinwegzukommen.

***

»Schön, dass wir uns endlich zum Mittagessen treffen konnten«, sagte Elaine Frasier, als sie sich im Café des Bowlingcenters auf die Sitzbank gleiten ließ.

Jane lächelte sie zur Begrüßung an. Sie wartete schon seit zehn Minuten, aber sie war aus Gewohnheit immer zu früh dran. Das lag bei ihr in der Familie. Außerdem hatte sie sich sehr auf das Treffen mit Elaine gefreut. Es hatte eine Weile gedauert, bis sie einen Termin gefunden hatten, an dem sie beide konnten. Doch Lydia hatte sie immer wieder ermuntert, sich unbedingt mit Elaine zu treffen.

Mittlerweile war auch Lydia zu einer Freundin für sie geworden, und Jane war froh, sie damals angesprochen zu haben. Doch abgesehen von Lydia duzte sie sich nach wie vor mit niemandem aus der Stadt. Die Leute gaben sich immer noch zurückhaltend.

»Also … Lydia meinte, es wäre eine gute Idee, wenn wir beide uns kennenlernen würden«, bemerkte Elaine, während sie die Speisekarte vom Tisch nahm.

»Ja. Sie hat mir erzählt, dass Sie bald heiraten«, erwiderte Jane. »Sicher sind Sie sehr beschäftigt.«

Elaine nickte. »Die Hochzeit findet in wenigen Wochen statt.« Ein sehnsüchtiger Ausdruck huschte über ihr Gesicht.

Jane beneidete sie um ihr Glück. Seit ihrem Studium lief ihr Privatleben auf Sparflamme, denn sie hatte nach ihrem Abschluss ihr medizinisches Praktikum absolviert und anschließend in einem großen Krankenhaus in Los Angeles als Assistenzärztin gearbeitet. Und nun saß sie in Texas fest, hatte nur eine einzige Freundin, und alle Aussichten auf Romantik oder gar eine Beziehung lagen sowieso in weiter Ferne.

Elaine warf nur einen flüchtigen Blick auf die Speisekarte, bevor sie sie wieder weglegte.

Jane hatte sich noch nicht entschieden. »Wissen Sie schon, was Sie bestellen?«

»Ich nehme fast immer das panierte Steak.«

Bei dem Gedanken an all das Fett wurde Jane übel. Selbst die Salate, die auf der Speisekarte standen, aß sie normalerweise nicht – Krautsalat mit Mayonnaise zum Beispiel. Die meisten Gerichte waren zerkocht und sehr fetthaltig, sogar das Gemüse. Daher war es ein Wunder, dass es in dieser Stadt noch Einwohner gab, die älter waren als fünfundzwanzig. Es wurde dringend Zeit, dass die Leute hier ihre Essgewohnheiten umstellten.

»Das panierte Steak ist lecker«, ermunterte Elaine sie.

Die Kellnerin erschien mit Block und Stift. Nachdem Elaine ihre Bestellung aufgegeben hatte, plauderte sie kurz mit ihr. Jane überdachte ihre Wahl unterdessen noch einmal.

»Ich nehme einen grünen Salat mit Avocado, wenn Sie den haben.«

Die Kellnerin, die ihrem Namensschild zufolge Denise hieß, notierte die Bestellung.

»Und das Dressing bitte extra.«

Denise wechselte einen spöttischen Blick mit Elaine, bevor sie zurück zum Tresen ging. Jane kannte diese Reaktion bereits.

»Was habe ich denn falsch gemacht?«, fragte sie und beugte sich vor.

»Zuerst einmal sind wir Texaner stolz auf unsere Küche.«

»Die Essgewohnheiten in dieser Gegend sind entsetzlich«, platzte Jane heraus. »Alles schwimmt in Fett. Paniertes Steak, gegrilltes Fleisch, Chili ohne Bohnen.

Ist denn niemandem klar, wie nahrhaft Kidneybohnen sind?«

»Genau diese Einstellung macht Ihnen ja Probleme, Doc.«

»Was für eine Einstellung? Ich versuche doch nur, die Essgewohnheiten der Leute zu ändern. Es ist ein Wunder, dass Sie nicht alle schon tot umgefallen sind.«

»Und es ist ein Wunder, dass man Sie noch nicht geteert und gefedert hat«, konterte Elaine scharf.

Entgeistert blickte Jane sie an. Sie hätte gelacht, wenn Elaine nicht so ernst ausgesehen hätte.

»Wollen Sie wissen, warum die Leute so unfreundlich sind?«, erkundigte sich Elaine ärgerlich. »Vielleicht sollten Sie sich einmal Gedanken darüber machen, wie Sie auf andere wirken – unhöflich, überheblich und besserwisserisch! Ich habe mich nur Lydia zuliebe bereit erklärt, mich mit Ihnen zu treffen. Aus irgendeinem unerfindlichen Grund findet Lydia Sie sympathisch.«

Jane war immer noch nicht klar, was sie so Schlimmes getan hatte.

»Was die Einwohner von Promise betrifft, so können Sie getrost nach Kalifornien zurückkehren«, fuhr Elaine fort. »Wir brauchen kein Surfergirl, das uns erzählt, was gut für uns ist!«

Jane bemerkte, dass die anderen Gäste verstummt waren und einige beifällig nickten. »Verstehe.« Sie versuchte, die Fassung zu bewahren. »Aber leider habe ich einen Vertrag für drei Jahre unterschrieben. Also, wenn ich hier leben soll …«

»Dann schlage ich vor, dass Sie Ihr Verhalten ändern.«

Jane schluckte ihren Stolz herunter und nickte matt. »Dabei werde ich wohl ein wenig Hilfe brauchen.«

»Sie brauchen eine Menge Hilfe.«

Jane beschloss, darauf nicht einzugehen. »Es wäre nett, wenn Sie mir einige Tipps geben könnten.«

Elaine zögerte. »Sind Sie sicher, dass Sie es verkraften können?«, meinte sie schließlich.

Jane lächelte. »Seien Sie taktvoll, ja?«

Nun musste Elaine auch lächeln. »Ich werde mich bemühen.«

Jane seufzte. Sie hatten keinen guten Start gehabt, doch sie spürte, dass Elaine ihr eine wichtige Verbündete werden konnte.

»Denise.« Elaine winkte die Kellnerin herbei. »Der Doc möchte etwas anderes bestellen.«

»Möchte ich das?«

»Sie sagten doch, dass Sie bereit sind zu lernen. Das ist die Gelegenheit. Zuerst bringe ich Ihnen bei, wie eine Texanerin zu essen. Diät können wir auch morgen noch machen.«

Jane seufzte und nickte dann. »Und was möchte ich bestellen?«

Elaine wandte sich an die Kellnerin. »Dr. Dickinson nimmt auch das panierte Steak, dazu gebratene Okraschoten und Kartoffelpüree mit extraviel Soße.«

»Geht in Ordnung.« Denise lächelte beifällig, während sie die Bestellung notierte. »Möchten Sie dazu auch einen Salat?«

»Klar.« Jane wollte ihr gerade sagen, dass sie kein Dressing dazu wollte, als Elaine hinzufügte:

»Tu das Dressing gleich drauf, ja, Denise?«

Die Kellnerin lächelte noch breiter. »Wird gemacht.«

So läuft das hier also, dachte Jane. Ihr wurde klar, dass sie sich entweder an das Leben in Texas anpassen oder bei dem Versuch zugrunde gehen würde.

***

Maggie schreckte aus dem Schlaf hoch und setzte sich im Bett auf. Das Herz klopfte ihr bis zum Hals, und zuerst wusste sie nicht, wo sie war. Dann wurde ihr klar, dass sie nur geträumt hatte. Sie war wieder in der Stadt gewesen, in der die bösen Geister wohnten. Richard hatte sie dort auch gesehen.

Sein Gesicht war verzerrt gewesen, und er hatte sie angebrüllt und ihr immer wieder gesagt, was ihrer Mutter zustoßen würde, wenn sie jemandem erzählte, wo sie gewesen war. Und immer wieder hatte sie ihm versprochen, es niemandem zu erzählen. Das hatte sie auch nicht getan. Nicht einmal ihren Puppen hatte sie es zugeflüstert.

Maggie kletterte aus dem Bett und schlich den schwach erleuchteten Flur entlang zum Schlafzimmer ihrer Mutter, um sich zu vergewissern, dass ihr nichts passiert war. Einen Moment stand sie da und betrachtete sie.

»Maggie?« Ihre Mommy öffnete die Augen.

»Ich hab schlecht geträumt«, flüsterte sie.

Ihre Mutter schlug die Decke zurück, und Maggie kroch zu ihr ins Bett. Tröstend nahm ihre Mommy sie in den Arm und strich ihr das Haar aus dem Gesicht.

»War es sehr schlimm?«, fragte sie.

»Ja, ganz unheimlich.«

»Willst du mir davon erzählen?«

Maggie schüttelte den Kopf. Sie wollte nie mehr an Richard denken. Er wusste nicht, dass sie die Puppe mitgenommen hatte, und wenn er es herausfand, schickte er die bösen Geister vielleicht zu ihr. Sie hatte die Puppe in einer großen Schachtel in ihrem Kleiderschrank versteckt.

»Jetzt hast du keine Angst mehr, oder?«

Wieder schüttelte Maggie den Kopf. »Ein bisschen«, gestand sie schließlich.

»Habe ich dir schon erzählt, dass Grady morgen nach dem Gottesdienst herkommt und wir dann zusammen ein Picknick im Park machen?«

»Wirklich?«, fragte Maggie eifrig. »Kann er mich dann auf der Schaukel anschubsen?«

»Wenn du ihn darum bittest.«

Sie schloss die Augen und seufzte tief. »Grady ist eigentlich ganz nett. Schade, dass sein Hund tot ist.« Sie hatte Rocket gemocht.

Sie spürte, wie ihre Mommy nickte. »Er wird ihn vermissen.«

»Ich werde ihn auch vermissen. Vielleicht können wir Grady wieder fröhlich machen.«

»Hast du denn keine Angst mehr vor ihm?«

Maggie schüttelte den Kopf. »Nur wenn er schreit, aber dann kann ich mir ja die Ohren zuhalten.«

»Er macht das nicht mit Absicht. Es ... Es ist nun mal seine Art, etwas lauter zu sprechen.«

Maggie wusste nicht genau, was das bedeutete. Doch seit dem Morgen, an dem sie die Auffahrt entlanggelaufen war und Grady bei ihrem Anblick gelächelt hatte, mochte sie ihn viel lieber. Vorher hatte sie ihn noch nie richtig lächeln sehen. An dem Tag hatte er sie und ihre Mommy immer wieder in den Arm genommen. Später war er mit ihr in den Stall gegangen und hatte ihr das Fohlen gezeigt. Sie hatte es Moonbeam getauft, und er fand den Namen gut.

»Ich glaube, Grady ist etwas Besonderes«, verkündete sie plötzlich. Jetzt war sie ganz sicher. Zuerst hatte sie Richard lieber gemocht, aber der war kein echter Freund.

»Das glaube ich auch«, erwiderte ihre Mommy leise.

***

Caroline hatte den Picknickkorb bereits vor dem Gottesdienst gepackt und die Kühlbox bereitgestellt. Es war Gradys Idee gewesen, ein Picknick im Pioneer Park zu machen, und sie ahnte auch, was er vorhatte. Seit sie das Thema bei ihrem gemeinsamen Ausritt angeschnitten hatte, wartete er darauf, dass sie ihm von Maggies Vater erzählte. Doch sie wollte jetzt nicht daran denken, sondern den Tag genießen.

Der Park lag im Zentrum von Promise und war

ziemlich groß. Es gab dort ein flaches Schwimmbecken für Kinder und das einzige Freibad der Stadt. Der Rasen war grün und saftig und sehr gepflegt. In der Mitte des Parks stand ein Denkmal, das eine Pionierfamilie zeigte. Auf der dazugehörigen Tafel stand, welche Rolle die Pioniere in der texanischen Geschichte gespielt hatten. Die gepflasterten Wege führten alle zu diesem Denkmal.

Maggie liebte den Park, und Caroline freute sich darüber, dass Grady ihre Tochter so verwöhnte. Seit jener schrecklichen Nacht kümmerte er sich ganz besonders rührend um sie.

Sie wusste nicht, was sie ohne ihn getan hätte. Jene Nacht war ein Wendepunkt für sie alle gewesen.

Als es klingelte, rief Maggie aus ihrem Zimmer: »Ich mach auf!« Caroline hörte, wie sie zur Tür lief.

Es musste Grady sein, denn er war ihnen von der Kirche hinterhergefahren. Seinen Wagen hatte er vor einigen Tagen zurückbekommen. Maggie hatte sich nach dem Gottesdienst umgezogen und trug jetzt Shorts, und Caroline war in ein ärmelloses gelbes Baumwollkleid geschlüpft. Dazu trug sie einen breitkrempigen Strohhut und Sandaletten. Grady musterte sie anerkennend, als Maggie ihn mit sich in die Küche zog.

»Können wir jetzt los?«, fragte ihre Tochter ungeduldig.

»Gleich. Zuerst muss ich noch den Kartoffelsalat und das Hähnchen einpacken.«

»Mommy macht den besten Kartoffelsalat der Welt«,

verkündete Maggie stolz. »Ich durfte ihr dabei helfen.«

»Kein Wunder, dass er so gut ist.« Er blickte von ihr zu Caroline.

Unwillkürlich fragte sie sich, ob er wohl Mutmaßungen über Maggies Vater anstellte. Aber wahrscheinlich bildete sie sich das nur ein. Sie liebte ihn und hatte Angst vor seiner Reaktion, wenn er die Wahrheit erfuhr.

»Geh und zieh deine Turnschuhe an«, wies sie Maggie an. Die lief artig in ihr Zimmer.

»Ich habe dich heute in der Kirche doch nicht in Verlegenheit gebracht, oder?«, fragte Grady. »Ich konnte den Blick einfach nicht von dir abwenden.«

»Das habe ich gar nicht gemerkt …« Es reichte. Sie konnte diese Spannung selbst kaum länger ertragen. Also nahm sie sich vor, ihm bald die Wahrheit über Maggies Vater zu sagen. Vielleicht sogar heute noch.

Er zog sie an sich, um sie zu küssen. »Ich habe kein Wort von Wades Predigt mitbekommen«, flüsterte er.

»Ich auch nicht.« Allerdings aus einem anderen Grund.

»Wade hat mich an der Tür abgefangen«, berichtete er lächelnd, »und mir gesagt, dass er nächsten Sonntag testet, wer bei der Predigt aufgepasst hat.«

Sie rang sich ein Lächeln ab. »Ich glaube, Wade ist das Beste, was der Gemeinde seit langer Zeit passiert ist.«

»Du bist das Beste, was mir je passiert ist«, flüsterte er und ließ sie widerstrebend los, als Maggie wieder in die Küche kam.

»Ich bin fertig!«, rief ihre Kleine atemlos.

Caroline legte den Kartoffelsalat und das Hähnchen in die Kühlbox, und Grady trug diese zum Wagen. Nachdem sie alle drei auf die vordere Sitzbank des alten Pick-ups geklettert waren, fuhren sie los.

Caroline entging nicht, dass Maggie unterwegs ungewöhnlich still war, und sie befürchtete, dass sie ihre Anspannung spürte. Doch kaum waren sie im Park, besserte sich Maggies Stimmung schlagartig. Grady brachte den Korb und die Kühlbox zu einem freien Picknicktisch, und während Caroline ihm dabei half, die Gläser, Teller und das Besteck auszupacken, erklärte Maggie, dass sie ihm ihre Lieblingsschaukel zeigen wollte.

»Geht nur, ihr beiden.« Wieder einmal hatte sie den Eindruck, Grady würde ihre Tochter nachdenklich betrachten, und sie fragte sich, ob er es wohl erraten hatte.

Entschlossen, sich den Tag dadurch nicht verderben zu lassen, breitete sie im Schatten eine Decke auf dem Rasen aus und stellte die Kühlbox unter den Tisch.

Sie hörte Maggie lachen, und als sie aufblickte, sah sie sie auf der Schaukel sitzen. Grady stand hinter ihr und gab ihr Schwung.

»Höher!«, rief Maggie.

Er schubste sie noch mehr an, sodass sie immer höher schaukelte. Caroline musste sich beherrschen, um nichts zu sagen, doch sie wusste, dass er gut auf Maggie aufpasste.

Schließlich hielt er die Schaukel an, und Maggie kletterte herunter. Aufgeregt kam sie zu ihr gelaufen.

»Hast du das gesehen, Mommy?«, rief sie. »Ich konnte mit den Füßen den Himmel berühren.«

Caroline nickte. »Ja, das habe ich.«

Es war ein herrlicher Nachmittag. Nach dem Essen legte Maggie sich auf die Wolldecke und schlief ein.

Jetzt, sagte sich Caroline. *Es ist der richtige Moment. Sag es ihm jetzt.* Doch sie konnte sich einfach nicht dazu durchringen. Daher mied sie Gradys Blick und strich Maggie das Haar aus der Stirn.

»Hat sie dir inzwischen erzählt, wo sie in der Nacht war, in der sie verschwunden war?«, fragte Grady.

»Kein Wort. Aber letzte Nacht ist sie aufgewacht, weil sie einen Albtraum hatte. Allerdings wollte sie nicht darüber sprechen.«

»Armes Ding.«

Caroline betrachtete ihre schlafende Tochter, die sie über alles liebte. »Die Hauptsache ist, sie ist wieder da, und dafür bin ich dankbar.«

»Das bin ich auch.«

Sie schmiegte sich an ihn, und er legte ihr den Arm um die Schultern.

»Savannah hat mich daran erinnert, dass Maggie nächste Woche Geburtstag hat. Ich würde ihr gern etwas Besonderes schenken, aber das muss ich erst mit dir besprechen. Da sie Moonbeam offenbar sehr mag …«

»Du willst ihr das Fohlen schenken?« Sie glaubte, ihren Ohren nicht zu trauen. Wieder stach sie der Gedanke, dass dies die ideale Gelegenheit war, ihm von Maggies Vater zu erzählen.

Nein, ich kann es ihm nicht sagen, dachte sie in einem Anflug von Panik.

»Natürlich behalten wir Moonbeam auf der Ranch. Und ich übernehme alle Kosten«, fügte Grady hinzu.

»Das ist sehr großzügig von dir.«

»Sie wird sechs, richtig?«

»Ja.«

Liebevoll betrachtete er Maggie. »Du hast mir mal erzählt, dass du eine Zeit lang mit Cal befreundet warst.«

Caroline erstarrte. »Stimmt«, erwiderte sie und wandte den Blick ab. Daraufhin nahm er ihre Hand. »Jetzt, wo Richard fort ist …«

»Würde es dir etwas ausmachen, nicht über meinen Bruder zu reden?«, fiel er ihr ins Wort.

»Natürlich nicht, aber …«

»Momentan würde ich mich lieber auf andere Dinge konzentrieren – zum Beispiel darauf, wie schön es ist, dich in den Armen zu halten.«

Caroline schloss die Augen.

»Es spielt keine Rolle, Caroline«, flüsterte Grady ihr ins Ohr.

»Was spielt keine Rolle?«

»Das mit Maggie. Ich habe sie schon ins Herz geschlossen.«

»Ich weiß. Es ist nur …« Sie verstummte, denn genau in diesem Moment wachte ihre Tochter auf.

»Können wir wieder schaukeln gehen?«, fragte sie Grady.

Er lächelte. »Aber diesmal nehmen wir deine Mutter mit, ja?«

Maggie nahm ihre Hand, und zusammen gingen sie zur Schaukel.

Zu Carolines und Maggies Leidwesen endete der Tag viel zu früh. Grady setzte sie um sieben zu Hause ab und fuhr anschließend zu Frank Hennessey. Caroline vermutete, dass es etwas mit Richard zu tun hatte, fragte ihn jedoch nicht.

Auf ihrem Handy war ein verpasster Anruf von Savannah eingegangen. Nachdem sie Caroline nicht erreicht hatte, hatte sie ihr eine Sprachnachricht geschickt. Während Caroline den Picknickkorb auspackte, hörte sie sich an, was ihre Freundin zu berichten hatte.

»Hey, ruf mich bitte mal zurück, wenn du wieder zu Hause bist.«

Sie hielt inne und griff nach dem Handy. Während sie darauf wartete, dass Savannah abnahm, stellte sie die Essensreste in den Kühlschrank.

»Hi, du hast mich angerufen?«, fragte sie, als Savannah sich meldete.

»Stimmt.« Sie schien sich über irgendetwas zu freuen, sagte aber nichts weiter.

»Hast du aus einem bestimmten Grund angerufen?«, erkundigte Caroline sich schließlich.

»Willst du es mir nun erzählen, oder ist es ein Geheimnis?«

»Wovon redest du eigentlich, Savannah?«

Es dauerte eine Weile, bis ihre Freundin antwortete. »Hat er dich denn nicht gefragt?«

»Was?«

»Du meine Güte!« Savannah seufzte übertrieben. »Als Grady heute Morgen losgefahren ist, war er furchtbar nervös. Und in der Kirche konnte der arme Kerl den Blick nicht von dir abwenden.«

»Ich verstehe nicht, worauf du hinauswillst, Savannah Smith.«

»Und ich war mir so sicher.«

»Wessen warst du dir sicher?«, fragte Caroline.

»Dass Grady dir einen Heiratsantrag machen würde.«

9. Kapitel

Die Kirche war bis auf den letzten Platz besetzt, als Elaine Frasier und Glen Patterson sich das Jawort gaben. Glen hatte Cal gebeten, sein Trauzeuge zu sein, und Grady fungierte als Platzanweiser. Er hatte sich dazu bereit erklärt, bevor er erfahren hatte, dass er dazu einen Smoking tragen musste.

Der größte Vorteil seiner Aufgabe bestand für Grady darin, dass Caroline eine von Elaines Brautjungfern war. Es verblüffte ihn, wie unterschiedlich vier Frauen aussehen konnten, die alle die gleichen Kleider trugen. Er war natürlich voreingenommen, aber für ihn war Caroline die schönste.

Da es zu dieser Jahreszeit besonders heiß war, beschränkte Wade sich auf eine kurze Predigt. Elaine und Glen gelobten einander ewige Treue, während ihre Mütter vor Rührung weinten. Sogar die sonst so beherrschte Dr. Dickinson vergoss einige Tränen.

Der Empfang fand in der Grange Hall statt, und an diesem Samstagnachmittag standen genauso viele Wagen davor wie beim Tanzabend des Rinderzüchterverbands.

Auf dem Tisch bei der Tür türmten sich die hübsch verpackten Hochzeitsgeschenke.

Zusammen mit dem Brautpaar musste Grady die Gäste begrüßen, wurde jedoch dadurch entschädigt, dass Caroline neben ihm stand.

»Elaine sieht wunderschön aus«, bemerkte sie, nachdem der letzte Gast eingetroffen war.

Er war müde und hungrig. »Möchtest du etwas essen?«, fragte er mit einem sehnsüchtigen Blick in Richtung Büfett.

Aber sie schüttelte zu seiner Enttäuschung den Kopf. »Ich muss Elaine beim Umziehen helfen«, erklärte sie.

»Heißt das, wir können die schicken Klamotten ausziehen?«

»Wir nicht. Nur Elaine und Glen.«

»Das ist nicht fair«, beschwerte er sich.

»Hol dir etwas zu essen. Ich bin gleich wieder da.« Sie küsste ihn auf die Wange, und damit musste er sich vorerst begnügen.

»Wo ist Caroline?«, fragte Cal, der sich hinter ihm in die Schlange am Büfett eingereiht hatte.

»Sie hilft Elaine beim Umziehen.«

Cal nickte. Dann grummelte er leise: »Wer hat eigentlich diese gestärkten Hemden entworfen? Der Marquis de Sade?«

»Es würde mich nicht wundern.« Grady nahm sich einen Teller. Es war Stunden her, dass er das letzte Mal etwas gegessen hatte.

»Tja, jetzt ist Glen ein verheirateter Mann«, bemerkte Cal, als wäre ihm der Gedanke gerade erst gekommen.

»Stört dich das?« Soweit Grady wusste, würde sich in Cals Leben bald einiges ändern, denn Glen und Elaine hatten ein Haus in der Stadt gekauft.

»Es hätte mich viel mehr gestört, wenn er Elaine nicht geheiratet hätte. Die beiden passen gut zusammen.«

Der Meinung war Grady ebenfalls. Cal und Glen waren schon immer seine Nachbarn gewesen. Und seine besten Freunde. Die beiden waren wie Brüder für ihn, und trotzdem fragte er sich, ob er Cal wirklich so gut kannte, wie er glaubte. Nachdem er erfahren hatte, dass Cal früher einmal mit Caroline ausgegangen war, hatte er oft darüber nachgegrübelt. Allerdings war er davon überzeugt, dass sein Freund sie geheiratet hätte, wenn er Maggies Vater gewesen wäre.

Inzwischen hatte er den Versuch aufgegeben, herauszufinden, wer Maggies Vater war. Es musste jemand sein, den er kannte, dem er vielleicht sogar vertraute, denn sonst hätte Caroline es ihm vermutlich längst erzählt. Er merkte ihr an, wie sehr sie mit sich kämpfte. Einmal war sie im Begriff gewesen, es ihm zu sagen, doch er hatte sie davon abgehalten. Mittlerweile bedauerte er es, weil sie beide darunter litten.

Bei ihrem Picknick am letzten Sonntag hatte er versucht, ihr zu sagen, dass es keine Rolle spielte. Er liebte Maggie, und er liebte Caroline. Doch offenbar war es ihm nicht gelungen, sie zu beruhigen.

»Glen sieht Elaine genauso an, wie du Caroline ansiehst«, meinte Cal beiläufig.

Zusammen gingen sie zu einem Tisch am anderen Ende des Saals, der gerade frei geworden war.

Grady zog sich einen Stuhl hervor, und Cal setzte sich ihm gegenüber. »Ich spiele mit dem Gedanken, Caroline einen Heiratsantrag zu machen«, erwiderte er genauso beiläufig. Es war das erste Mal, dass er es ausgesprochen hatte, und er beobachtete Cal genau, gespannt auf seine Reaktion.

Cal lächelte. »Ich hatte mich schon gefragt, wie lange du brauchst. Ich habe Caroline schon immer gemocht.«

»Ich liebe sie.« Es fiel Grady nicht schwer, es zuzugeben, und wenn Cal noch etwas für Caroline empfand, schufen sie besser jetzt klare Verhältnisse.

»Und warum zögerst du noch?«

Grady wurde wütend, als er an den Grund dafür dachte. Er wollte nicht, dass Richard ihm den Tag verdarb.

Cal stützte die Ellbogen auf den Tisch. »Ich schätze mal, dass Richard etwas damit zu tun hat ... Ich dachte, er wäre weg.«

Grady erzählte ihm, was er Neues erfahren hatte, ging jedoch nicht ins Detail. Cal und Frank waren die einzigen Menschen, mit denen er über seinen nichtsnutzigen Bruder sprach. Vermutlich hatte Cal mit Glen darüber gesprochen, doch das störte ihn nicht. Als Richard vor sechs Jahren mit dem Geld verschwunden war, hatte Cal ihm geraten, ihn anzuzeigen. Nach langem Überlegen hatte Grady davon abgesehen, doch nun fragte er sich, ob er sich damals richtig entschieden hatte.

Sonst wusste kaum jemand, was Richard getan hatte.

Es war möglich, dass Savannah es Caroline erzählt hatte, aber er war sich nicht sicher. Grady bewunderte Caroline dafür, dass sie seinen Bruder durchschaut hatte und nicht auf seinen Charme hereingefallen war.

»Richard ist weg«, erwiderte er, »und andererseits auch nicht. Er hat Schulden in Höhe von fast achttausend Dollar hinterlassen.«

Cal stieß einen leisen Pfiff aus.

Grady erzählte ihm davon, dass Richard überall Sachen auf seinen Namen gekauft hatte – Kleidung, Lebensmittel, Spirituosen, sogar Campingzubehör. Was Richard damit vorhatte, wollte er gar nicht wissen.

»Es sind nicht deine Schulden«, erinnerte ihn Cal. »Schließlich hat Richard die Rechnungen unterschrieben.«

»Aber er hat die Sachen auf meinem Kundenkonto gutschreiben lassen.«

Cal seufzte resigniert. »Du hast die Rechnungen bezahlt, stimmt's?«

»Ich hatte keine andere Wahl.« Grady hätte seinen Freunden und Nachbarn sonst nicht mehr in die Augen sehen können. Dafür hatte er fast seine gesamten Ersparnisse geopfert, doch er würde schon zurechtkommen.

Am Anfang dieser Woche hatte er sich die Verlobungsringe im Schaufenster des Juweliers angesehen. Leider konnte er Caroline nun keinen so großen Diamantring kaufen, wie er ursprünglich geplant hatte. Ihm war es wichtiger, keine Schulden zu haben.

Cal wollte gerade noch etwas sagen, als Frank Hennessey sich zu ihnen setzte. Er warf ihnen einen dankbaren Blick zu. »Ihr seid meine Rettung«, sagte er leise.

»Deine Rettung? Wovor?«, fragte Grady verwirrt, denn normalerweise lief Frank vor nichts und niemandem weg.

Frank stöhnte und warf den Kopf zurück. »Vor Lydia. Sie hat schon wieder diesen Ausdruck in den Augen.«

Cal und Grady wechselten einen Blick. »Was für einen Ausdruck?«, hakte Cal nach.

»Ich … Ich habe ihr mal versprochen, sie eines Tages zu heiraten. Es war mein Ernst, aber ich sage euch, Jungs, allein beim Gedanken daran wird mir ganz anders. Jetzt ist mir klar, dass ich für die Ehe nicht geschaffen bin. Das muss ich ihr irgendwie zu verstehen geben.« Er beugte sich vor. »Aber ich möchte sie nicht verletzen.«

»Ich dachte, Lydia und du hättet eine Abmachung getroffen«, flüsterte Grady.

»Das haben wir auch«, bestätigte Frank. »Aber ab und zu erinnert sie mich an mein Versprechen. Ich rede mich dann heraus, und sie gibt sich für einige Monate damit zufrieden. Sobald wir irgendwo auf einer Hochzeit eingeladen sind, bringt sie es allerdings wieder zur Sprache.« Er seufzte tief. »Ich bin verrückt nach Lydia, aber die Ehe ist nichts für mich.«

»Warum will sie denn unbedingt heiraten?«, fragte Cal und sprach damit aus, was Grady dachte.

»Lydia meint, zehn Jahre in wilder Ehe wären genug. Entweder würde ich es jetzt durchziehen, oder das wär's.« Traurig schüttelte Frank den Kopf. »Ich hätte den Mund halten sollen, aber ich dachte, ich würde sie verlieren, wenn ich ihr keinen Heiratsantrag mache. Damals war ich wirklich davon überzeugt, es könnte funktionieren.«

»Gib ihr Zeit, damit sie sich damit abfinden kann«, schlug Grady vor.

Wieder schüttelte Frank den Kopf. »Du kennst sie nicht.«

»Bist du sicher, dass du sie nicht heiraten willst?«, fragte Cal, dessen Mutter mit Lydia befreundet war.

»Darum geht es nicht«, erklärte Frank. »Ich will nicht heiraten, und damit basta. Es hat nichts mit Lydia zu tun. Sie ist das Beste, was mir je passiert ist.«

»Aber du hast es ihr versprochen.«

»Ich weiß«, gestand Frank. »Im Grunde ist sie ja mit unserem Arrangement zufrieden. Jeder von uns lebt sein eigenes Leben. Wir sehen uns fast jeden Tag, und sie weiß, was ich für sie empfinde. Ihr müsstet mich doch verstehen. Schließlich seid ihr auch nicht verheiratet.«

Cal warf Grady einen flüchtigen Blick zu. »Das solltest du Grady lieber nicht fragen.«

»Was?« Frank stöhnte. »Du spielst doch nicht etwa mit dem Gedanken zu heiraten, oder?«

»Allerdings.«

Frank fluchte leise. »Es ist Caroline, stimmt's?«

Grady lächelte und nickte.

»Sie ist eine tolle Frau, aber jetzt wird Lydia nicht mehr zu halten sein.«

»Ich habe Caroline noch nicht gefragt«, betonte Grady. »Deswegen weiß ich auch nicht, wie sie reagieren wird.«

»Glaubst du wirklich, sie sagt Nein?« Frank stupste ihn freundschaftlich an. »Es ist doch offensichtlich, was ihr beide füreinander empfindet.«

»Ich hoffe natürlich ...«

»Natürlich sagt sie Ja«, mischte sich Cal ein. »Warum auch nicht?«

***

Zehn Jahre, überlegte Lydia grimmig, zehn Jahre habe ich an diesen undankbaren Kerl verschwendet. Mit verschränkten Armen ging sie in ihrem Wohnzimmer auf und ab, um sich abzureagieren.

Es funktionierte allerdings nicht.

Nach dem Hochzeitsempfang hatte sie kaum noch mit Frank gesprochen. Er hatte auch nicht viel zu sagen gehabt. Er hatte ihr einen Heiratsantrag gemacht, kurz nachdem sie ihn kennengelernt hatte, und all die Jahre hatte sie gewartet. All die Jahre hatte sie an ihn geglaubt, ihn geliebt und sich Hoffnungen gemacht.

Sie musste den Tatsachen ins Augen sehen. Frank würde sie niemals heiraten, und warum sollte er auch? Schließlich genoss er alle Vorteile einer Ehe, ohne die Verantwortung zu tragen. Zweimal pro Woche übernachtete er bei ihr, und morgens machte sie ihm Frühstück, überreichte ihm seine saubere Wäsche und verabschiedete ihn mit einem Kuss.

Aber das war jetzt vorbei.

Bevor sie sich in Frank verliebt hatte, war sie schon einmal verheiratet gewesen. Doch Marvin war vor dreizehn Jahren gestorben, und seit zehn Jahren verzehrte sie sich nun schon nach einem Sheriff, der behauptete, sie zu lieben.

Plötzlich klopfte es an der hinteren Verandatür. Es musste Frank sein. Er war der Einzige, der sie mitten in der Nacht besuchte. Sie wusste, warum er gekommen war, aber das konnte er vergessen.

Lydia marschierte zur Tür und riss sie auf. Frank, der tatsächlich davorstand, zuckte zusammen.

»Falls du aus dem Grund gekommen bist, den ich vermute, kannst du gleich wieder verschwinden.« Sie deutete auf seinen Wagen.

Frank blinzelte. »Lydia, Schatz, das ist nicht dein Ernst.« Dann nahm er seinen Hut ab und sah sie an. Sein Gesichtsausdruck verriet ihr, dass er sich schrecklich unverstanden fühlte.

»Und ob es mein Ernst ist, Frank Hennessey.« Lydia wollte ihm die Tür vor der Nase zuknallen, doch er hatte schon einen Fuß hineingesetzt.

»Wir sind doch mit unserem Leben zufrieden, so wie es ist«, erklärte er.

»Wenn ich so zufrieden bin, warum bin ich dann so traurig? Warum kann ich zu keiner Hochzeit gehen, ohne in Tränen auszubrechen? Ich möchte, dass du mich heiratest, Frank.«

»Oh Lydia, das kann ich nicht.«

»Kannst du es nicht, oder willst du es nicht?«

Er schwieg, und sie wusste, warum.

»Ich liebe dich«, sagte er dann in verführerischem Tonfall.

»Du tust aber nichts, um es mir zu beweisen.« Sie verschränkte die Arme vor der Brust und wandte den Blick ab.

»Ich kann dir gar nicht sagen, wie leid es mir tut. Ich dachte immer … Ich dachte, eines Tages wäre ich in der Lage, den Schritt zu wagen. Aber jetzt ist mir klar, dass ich für die Ehe nicht geschaffen bin.«

»Dann haben wir einen toten Punkt erreicht. Ich glaube, du wirst mich niemals heiraten.«

»Aber nicht, weil ich dich nicht liebe!«

»Also entweder akzeptiere ich dich so, wie du bist, oder …«

Frank sah sie flehend an. »Bis jetzt hat es doch gut geklappt, nicht wahr?«

»Oder ich mache Schluss«, beendete sie den Satz.

Nun wurde er blass. »Das würdest du nicht tun.«

Sie atmete tief durch. Ihr Zorn verflog, und plötzlich war sie ganz ruhig. »Ich muss es tun, Frank – und sei es nur um meiner Selbstachtung willen.«

Verständnislos blickte er sie an.

Es fiel ihr nicht leicht, es auszusprechen, doch wenn sie es nicht tat, würde sie nie wieder in den Spiegel sehen können. Sie straffte sich und lächelte traurig. »Es ist das Beste, wenn wir uns nicht mehr sehen.«

»Lydia, bitte! Sei doch vernünftig!«

»Es ist vorbei, Frank.« Sie sah ihm in die Augen.

»Okay«, sagte er traurig. »Wenn du es so willst.«

Lydia umklammerte den Türknauf. »Auf Wiedersehen, Frank.«

»Gute Nacht, Lydia.« Benommen wandte er sich ab und ging.

Ihre Augen füllten sich mit Tränen, aber sie riss sich zusammen. Es würde sicher nicht leicht werden, über die Trennung hinwegzukommen, doch sie würde konsequent bleiben und damit Stärke beweisen.

Das laute Klopfen an der Scheibe der Verandatür ließ sie zusammenzucken. Als sie die Tür noch einmal öffnete, stand dort wieder Frank.

»Ich möchte nur sichergehen, dass wir uns richtig verstehen.« Er hielt seinen Hut in beiden Händen. »Heißt das, ich soll am Mittwoch- und Samstagabend nicht mehr kommen?«

Lydia verdrehte die Augen. »Genau das heißt es.«

»Ach so.« Er schien einen Moment darüber nachzudenken. »Und was ist mit dem Abendessen am Sonntag?«

»Das sollten wir auch lieber lassen.«

»Und der Tee bei dir im Laden?«

»Du findest sicher eine andere Frau, mit der du nachmittags Tee trinken kannst«, erklärte sie, obwohl sie nicht daran denken wollte, dass er mit einer anderen Frau zusammen war.

»Es gibt keine Frau auf der Welt, mit der ich lieber zusammen wäre als mit dir.«

Ein Lächeln umspielte ihre Mundwinkel. »Dann heirate mich.«

Frank presste die Lippen zusammen. »Ich kann nicht, Lydia. Ich wünschte, ich könnte es, aber es geht nicht.«

»Es gibt gewisse Dinge, die ich auch nicht tun kann, Frank.« Leise schloss sie die Tür.

***

Als Grady sie anrief und zum Abendessen einlud, wusste Caroline gleich, dass es sich nicht um eine normale Einladung handelte, denn er verhielt sich ungewöhnlich förmlich.

»Er wird dich fragen«, beharrte Savannah, »da bin ich ganz sicher.« Seit Elaines und Glens Hochzeit war eine Woche vergangen, und sie beschäftigte sich immer noch mit dem Thema. »Hast du dir schon Gedanken darüber gemacht, was du sagst, wenn er dich fragt?«

Caroline dachte seit einer Woche kaum an etwas anderes – nicht daran, was sie sagen würde, wenn Grady das Thema Heirat ansprach, sondern daran, wie er reagieren würde, wenn sie ihm die Wahrheit über Maggies Vater erzählte. Das musste sie vorher unbedingt tun.

Vermutlich wollte er ihr beim Essen tatsächlich einen Antrag machen. Sie hatte gehört, dass er Anfang der Woche beim Juwelier gewesen war. Er hatte sogar dreimal in der Post vorbeigeschaut, was sehr ungewöhnlich war, denn normalerweise kam er nur einmal in der Woche nach Promise.

Da Maggie bei Lydia übernachtete, hatte Caroline den Nachmittag für sich. Sie nahm ein entspannendes Bad, lackierte sich die Fußnägel und stylte ihre Haare mit dem Lockenstab. Dabei betete sie, dass alles gut gehen würde.

Dies sollte der Abend ihrer Träume werden. Doch als Grady sie schließlich abholte, war sie mit den Nerven völlig am Ende.

Er klingelte um Punkt sechs, was sie einmal mehr daran erinnerte, dass er sehr zuverlässig war, ein Mann, der sein Wort hielt. Er betrachtete sie anerkennend.

»Ich hätte nicht gedacht, dass du noch hübscher aussehen kannst als auf Elaines Hochzeit«, erklärte er, und sie spürte, dass er es ehrlich meinte.

»Danke.« Sie drehte sich einmal, um ihr neues Kleid vorzuführen. »Gefällt es dir?«

»Und ob ...« Er lächelte, dann sah er sich um. »Wo ist Maggie?«

»Bei Lydia. Sie übernachtet heute bei ihr.«

Mit einem Zwinkern überreichte er ihr eine Flasche Wein.

»Soll ich sie jetzt aufmachen?«, fragte sie.

»Klar. Wenn du möchtest.«

Grady folgte ihr in die Küche. Während sie den Korkenzieher suchte, sah sie, dass er auf und ab ging und dabei die Lippen bewegte.

»Grady?«

Er blickte auf und wirkte erschrocken.

»Hast du etwas gesagt?«

Schnell schüttelte er den Kopf.

Sie fand den Korkenzieher und reichte ihn ihm. Während er sich der Flasche widmete, nahm sie zwei Weingläser aus dem Schrank.

»So funktioniert das nicht.« Er stellte die Flasche auf den Tresen. Der Korken war erst halb herausgezogen.

»Das ist der einzige Korkenzieher, den ich besitze.«

»Ich rede nicht von der Flasche.« Grady zog einen Küchenstuhl hervor und drückte sie sanft darauf. Dann zog er den Korken heraus und schenkte ihnen ein.

Er leerte sein Glas in drei Zügen und füllte es sofort nach.

»Wenn deine Eltern noch am Leben wären, würde ich mit ihnen sprechen ... Aber wir sind allein. Also werde ich dir sagen, was ich sagen muss.«

Caroline zog die Brauen hoch. »Was musst du mir sagen?«

»Wenn ich noch länger damit warte, werde ich irgendetwas Dummes sagen oder tun und damit den ganzen Abend verderben.« Der Ausdruck in seinen Augen verriet seine Liebe zu ihr. »Und das möchte ich nicht.«

»Was ist los, Grady?«, fragte sie leise.

Er nahm wieder sein Glas und trank einen Schluck.

»Wein trinkt man normalerweise langsam«, bemerkte sie leise.

»Ich weiß, aber ich muss mir Mut machen.«

»Oh Grady, ich liebe dich so sehr«, erklärte sie gerührt.

Einen Moment lang blickte er sie starr an. »Ich liebe dich auch.« Schließlich lächelte er. »Ich habe das hier unterwegs ein Dutzend Mal geübt, und jetzt weiß ich nicht, wie ich anfangen soll.«

»Die Tatsache, dass du mich liebst, ist ein guter Anfang.«

»Aber ich habe dir viel mehr zu sagen.«

»Liebe ist nur der Anfang ...« Jetzt musste sie ihm die Wahrheit sagen, doch sie brachte es nicht über sich. Nicht in dem romantischsten Augenblick ihres Lebens. Nicht, wenn der Mann, den sie von ganzem Herzen liebte, im Begriff war, sie zu fragen, ob sie den Rest ihres Lebens mit ihm verbringen wollte.

»Jetzt kann ich dich endlich lieben«, sagte Grady.

»Du kannst?«, wiederholte sie verständnislos.

»Richard ist weg.«

Plötzlich fröstelte Caroline. »Was hat Richard damit zu tun?«

»Alles.«

Sie merkte ihm an, wie wütend er war, und wartete darauf, dass er fortfuhr.

»Richard macht mir schon seit sechs Jahren das Leben schwer. Er ist mein Bruder, und nur aus dem Grund wird ein Teil von mir ihn immer lieben. Aber ich werde nicht mehr zulassen, dass er über mein Leben bestimmt.«

»Was ... Was meinst du damit?«

»Ich weigere mich, weiterhin die Verantwortung für das zu übernehmen, was er angerichtet hat. Seine Schulden werde ich nicht mehr bezahlen. Ich habe die letzten sechs Jahre damit verbracht, das zurückzubekommen, was er mir genommen hat. Von jetzt an werde ich mich nicht mehr um seine Fehler und Probleme scheren.«

Caroline wusste nicht, wie sie es schaffte, sich aufrecht zu halten.

»Ich bin also nicht mehr an Richard oder seine Probleme gebunden«, fuhr Grady fort. »Deswegen kann ich dir sagen, wie sehr ich dich liebe. Und Maggie auch.« Plötzlich wurden seine Züge weicher. »Jetzt kann ich dich bitten, dein Leben mit mir zu verbringen, Caroline – wenn du mich haben willst.«

Er zögerte, und als sie nicht sofort antwortete, fügte er sanft hinzu: »Ich bitte dich, mich zu heiraten.«

Die Kehle war ihr wie zugeschnürt.

»Fällt dir die Entscheidung so schwer?«, fragte er, und es klang verletzt.

»Nein …«

»Ich habe alles falsch gemacht, stimmt's?« Grady zog ein kleines Samtkästchen aus seiner Jackentasche. »Gib mir noch eine Chance, es so zu tun, wie du es verdient hast.«

»Grady …«

»Nein, sag nichts. Noch nicht.« Dann öffnete er das Kästchen. »Ich habe sechsunddreißig Jahre gebraucht, um die Frau zu finden, mit der ich den Rest meines Lebens verbringen will, und die Frau bist du, Caroline Daniels.«

Sie schlug beide Hände vor den Mund, und ihre Augen füllten sich mit Tränen.

»Würdest du mir die Ehre erweisen, meine Frau zu werden?«

Sie brachte kein Wort über die Lippen.

»Nick einfach nur«, schlug er vor.

»Ich kann nicht«, brachte sie schließlich mit bebender Stimme hervor.

»Du kannst nicht nicken?«

»Ich kann dich nicht heiraten …« Sie stand auf und ging zur Spüle. Starr blickte sie aus dem Fenster. Dies war das Schwierigste, was sie je über sich gebracht hatte – abgesehen von der Beerdigung ihrer Mutter. Doch diesmal fühlte sie sich, als würde sie ihr Herz begraben. Und ihre Zukunft.

»Du sagst also Nein?«, erkundigte sich Grady schockiert.

»Ich kann nicht, weil …«

»Du kannst mich nicht heiraten?«

»Nein.«

»Ist das dein letztes Wort?«

Caroline wagte es nicht, sich umzudrehen und ihn anzusehen. »Das ist mein letztes Wort«, erwiderte sie ausdruckslos.

Sie hörte, wie er ins Wohnzimmer ging und gleich wieder zurückkehrte.

»Moment mal!«, rief er. »Das akzeptiere ich nicht. Du hast mir doch gerade gesagt, wie sehr du mich liebst!«

Da sie das nicht leugnen konnte, schwieg sie.

»Wenn du meinen Heiratsantrag schon ablehnst, dann sieh mir dabei wenigstens in die Augen.«

Langsam drehte sie sich zu ihm um. Es zerbrach ihr das Herz.

»Sag mir ins Gesicht, dass du mich nicht heiraten willst«, forderte er.

Trotzig hob sie das Kinn. »Ich werde dich nicht heiraten.«

Grady presste die Lippen zusammen. »Und warum nicht?«

»Wenn du mich heiraten würdest …« Sie verstummte und blickte geradeaus.

»Ich bin nicht gut genug für dich, stimmt's?«

»Nein!«, entgegnete sie aus tiefster Überzeugung.

»Dann sag es!«, schrie er. »Sag es einfach.«

»Wenn du mich heiraten würdest«, begann sie wieder, »würdest du dich wieder mit einem von Richards Fehlern auseinandersetzen müssen.«

Er runzelte die Stirn. Dann schien er zu begreifen. Entsetzt sah er sie an. »Heißt das, *Richard* ist Maggies Vater?«

Caroline senkte den Blick und nickte.

10. Kapitel

Richard war Maggies Vater. Nichts hätte ihn mehr schockieren können. Grady war sprachlos und ganz benommen. Richard? Sein nichtsnutziger, verantwortungsloser Bruder war der Vater von Carolines Kind? Es war mehr, als er ertragen konnte.

Sobald er wieder einen klaren Gedanken fassen konnte, fragte er: »Wann habt ihr miteinander geschlafen? Ich kann mich nicht einmal erinnern, dass ihr zusammen wart.«

»Das waren wir auch nicht.« Caroline umklammerte ihr Weinglas. »Ich war damals auf dem College in San Antonio«, fuhr sie leise fort. »Es war mein letztes Studienjahr, und wir hatten gerade Abschlussprüfungen. Da meine Mutter wusste, wie wichtig es für mich war, gut abzuschneiden, hat sie mir erst nach dem Examen erzählt, was mit deinen Eltern passiert ist. Es war ein Schock für mich, und ich war wütend auf sie, weil sie es mir verschwiegen hatte. Ich hatte deine Eltern immer sehr gern.« Sie atmete tief durch.

»Du warst nicht auf der Beerdigung, oder?«

»Nein – weil ich es zu dem Zeitpunkt noch nicht wusste.«

»Und was hat Richard damit zu tun?« Grady war klar, dass er wütend klang. Und verdammt, das war er auch!

»San Antonio war seine erste Zwischenstation, nachdem er das Geld gestohlen hatte«, erwiderte sie.

Grady kniff die Augen zusammen. »Du wusstest also von dem Diebstahl?«

Caroline nickte. »Savannah hat es mir erzählt. Allerdings erst Jahre später.«

Er musste sich setzen, weil seine Beine ihm plötzlich den Dienst versagten.

»Es war reiner Zufall«, fuhr sie fort. »Wir haben uns an einer Tankstelle getroffen. Zuerst hat Richard mich nicht erkannt, aber ich habe ihm mein Beileid ausgesprochen.« Sie wandte den Blick ab und atmete noch einmal tief durch. »Er schien untröstlich.«

»Untröstlich genug, um mit unserem Erbe durchzubrennen«, bemerkte er leise.

»Wir haben zusammen Kaffee getrunken, und dabei hat er mir erzählt, wie er die Leichen eurer Eltern gefunden hat.«

»Das war gelogen!« Wütend ballte er die Hände zu Fäusten. »Frank Hennessey hat sie gefunden und uns die traurige Nachricht überbracht.«

»Mittlerweile weiß ich das auch«, flüsterte sie. »Aber damals hatte ich keinen Grund, ihm nicht zu glauben.«

Grady nahm sich vor, sie nicht mehr zu unterbrechen, zumal er unbedingt wissen wollte, wie es weiterging.

»Er hat angefangen zu weinen und … und gesagt, er hätte den Schmerz nicht mehr ertragen können. Deswegen wäre er nach der Beerdigung einfach losgefahren, ohne ein bestimmtes Ziel. Er meinte, er hätte seit Tagen nicht mehr geschlafen und nichts mehr gegessen.«

»Und du hast ihm geglaubt?«, rief er.

»Er hatte einen schweren Verlust erlitten.« Sie sprach nun auch lauter. »Also habe ich ihm geglaubt, ja.«

Er strich sich übers Gesicht. »Tut mir leid, ich wollte dich nicht anschreien.«

»Ich … ich dich auch nicht.«

»Es ist ein ziemlicher Schock für mich, zu erfahren, dass die Frau, die ich liebe, mit meinem Bruder geschlafen hat.«

Caroline schwieg. Er wollte sie nicht verletzen, aber er war selbst so tief getroffen, dass er nicht anders konnte. Er hasste sich dafür.

Sie erwiderte jedoch nichts und bat ihn auch nicht zu gehen. Dafür bewunderte er sie. Vielleicht würde er ihr irgendwann verzeihen können, aber nicht jetzt.

Schließlich fuhr sie fort: »Richard war völlig aufgelöst, und ich habe ihn mit zu mir genommen. Er hat sich aufs Sofa gelegt und ist fünf Minuten später eingeschlafen. Ich habe dann meine Mutter angerufen, und sie hat bestätigt, dass er am Tag der Beerdigung verschwunden ist. Ich … Ich habe ihr nicht erzählt, dass er bei mir war. Das war natürlich falsch, aber er hat mir so leidgetan. Er hatte einen schlimmen Schock erlitten und …«

»Für ihn war es nicht schlimmer als für Savannah und mich.«

»Ich weiß, aber er war bei mir, und ihr wart hier in Promise.« Sie ballte die Hände im Schoß zu Fäusten. »Meinst du nicht, ich hätte mir seitdem nicht unzählige Male den Kopf darüber zerbrochen?«

Grady nickte. Er war wütend auf sich selbst, weil er sich nicht beherrschen konnte. Doch immer wenn er daran dachte, dass Richard Maggies Vater war, packte ihn unbändiger Zorn.

»Möchtest du, dass ich weiterspreche?«

»Ja.«

»Richard hat behauptet, er wäre vor seinem Schmerz davongelaufen und ... und dann hätte er mich gefunden.«

»Es war also Schicksal, was?«, meinte Grady sarkastisch.

»Ja ... So hat er es klingen lassen.«

»Hat er die Nacht bei dir verbracht?«

»Ja«, erwiderte Caroline leise. »Er hat im Wohnzimmer auf dem Sofa geschlafen, aber mitten in der Nacht ist er in mein Schlafzimmer gekommen und hat gesagt, er bräuchte jemanden, den er in den Armen halten kann.«

»Und du hast es zugelassen?«

»Ja.«

»Dann ging es ihm am Morgen sicher besser, stimmt's?«

»Hör mir bitte zu Ende zu, Grady«, entgegnete sie bestimmt.

In diesem Moment hasste er sie beinah. Doch er konnte sie nicht hassen, weil er sie viel zu sehr liebte. Caroline und Maggie zu lieben hatte ihn so glücklich gemacht, aber es machte ihn auch verletzlich. Es weckte viele unbekannte Gefühle in ihm. Unangenehme Gefühle.

Da er plötzlich nicht mehr stillsitzen konnte, sprang er auf. »Hat er dich etwa vergewaltigt?«

Caroline schüttelte vehement den Kopf. »Nein. Das würde er nicht tun. Aber ich war unerfahren, und er … Er hat es gewissermaßen ausgenutzt.«

»Er hat dich also verführt, oder?«

»Ich war jung und noch Jungfrau. Für mich war er der attraktivste Mann auf der Welt. Er hat um seine Eltern getrauert und bei mir Trost gesucht. Glaub mir, ich hatte nicht geplant, mit ihm zu schlafen, aber er war so charmant, so überzeugend, und ehe ich wusste, wie mir geschah, lag er bei mir im Bett, küsste mich und sagte mir, wie sehr er mich braucht. Und als er sich dann auf mich gelegt hat …«

»Wie lange ist er bei dir geblieben?« Grady musste daran denken, wie verzweifelt Savannah und er nach Richard gesucht hatten. In den Tagen nach der Beerdigung war seine Schwester am Rande eines Nervenzusammenbruchs gewesen.

»Als ich am nächsten Morgen aufgewacht bin, war er weg.« Caroline schluckte und schlang sich die Arme um die Taille, als wäre ihr kalt. »Er hat nicht einmal eine Nachricht hinterlassen.«

»Und wann hast du gemerkt, dass du schwanger bist?«

»Sechs Wochen später. Ich wusste nicht, was ich tun sollte. Es war schrecklich genug, zu wissen, dass ich mit einem Mann geschlafen hatte, der mich nur benutzt hatte. Und da ich keine Ahnung hatte, wo er war, konnte ich ihm auch nicht sagen, dass ich ein Kind von ihm erwartete.«

»Glaubst du, er hätte dir einen Heiratsantrag gemacht?«, fragte er sarkastisch.

»Nein … Aber ich fand, er sollte es wissen.«

Grady schwieg, doch dann konnte er sich nicht länger beherrschen. »Weiß er es jetzt? Hat er Maggie deshalb mitgenommen? Weil er erfahren hat, dass er ihr Vater ist?«

»Nein!«, rief sie. »Er hat keine Ahnung. Ich habe nicht einmal seinen Namen in die Geburtsurkunde eintragen lassen.«

»Und warum hat er sie dann zurückgebracht?«

»Woher soll ich das wissen? Aber ich bin sehr dankbar, dass er es getan hat.«

Das war er auch.

»Maggie ist *mein* Kind«, erklärte sie trotzig. »Sie hat nichts von ihrem Vater.«

Das hätte er auch gern geglaubt. Doch nun, da er die Wahrheit wusste, war die Ähnlichkeit zwischen den beiden nicht zu verkennen. Maggie hatte Richards Augen und sein blondes Haar.

»Hat er, als er zurückgekommen ist, versucht, da weiterzumachen, wo ihr damals aufgehört habt?«

»Nein«, flüsterte Caroline. »Zuerst hatte ich schreckliche Angst, dass er es herausfinden und versuchen könnte, mir Maggie wegzunehmen. Erinnerst du dich noch daran, dass ich nach seiner Rückkehr kaum noch zur Ranch gekommen bin? Zuerst habe ich eine Ausrede nach der anderen erfunden. Immer wenn ich in seiner Nähe war, befürchtete ich, dass er etwas über jene Nacht sagen würde, und dann ist mir klar geworden ...« Sie verstummte und schloss die Augen.

Obwohl er sie am liebsten in die Arme genommen hätte, widerstand Grady der Versuchung. »Was ist dir klar geworden?«

»Dass ... dass er sich nicht einmal mehr daran erinnert. Er hat mich genauso benutzt wie alle anderen Leute.«

»Bist du sicher, dass er es nicht mehr weiß?«

»Wie kann man sich bei Richard einer Sache sicher sein? Aber es war nur das eine Mal, und es ist so lange her. Sicher hat er seitdem hundert andere Frauen gehabt.«

Sie schwiegen einen Moment. »Weiß sonst noch jemand davon?«, fragte Grady schließlich.

Caroline schüttelte den Kopf.

»Savannah?«

»Vielleicht ahnt sie etwas, aber wir haben nie darüber gesprochen.«

»Und wie kommst du darauf, dass sie etwas ahnt?«

»Ich habe einmal gesehen, wie sie erst Maggie und dann Richard eindringlich gemustert hat. Später habe ich ein Album mit Babyfotos von Richard in der Küche liegen sehen.«

Seine Schwester wusste es also. Das warf die Frage auf, wie viele Leute in Promise es vermuteten. Wie viele Leute machten sich wohl schon hinter seinem Rücken über ihn lustig?

Er fand, dass es Zeit war zu gehen. Mehr konnte er an einem Abend nicht ertragen.

»Danke, dass du es mir erzählt hast. Es ist dir sicher nicht leichtgefallen, und ich weiß deine Ehrlichkeit zu schätzen. Du brauchst dir keine Sorgen zu machen – dein Geheimnis ist bei mir gut aufgehoben.«

»Es würde nicht funktionieren, Grady«, sagte Caroline traurig und mit Tränen in den Augen. »Das ist mir jetzt klar.«

Grady verließ die Küche. Noch nie zuvor war er so traurig gewesen wie in diesem Moment. Er liebte sie, er hatte sie gebeten, seine Frau zu werden, und sie hatte ihn zurückgewiesen. Jetzt wusste er auch, warum.

***

»Mommy«, flüsterte Maggie, als Caroline auf dem Sofa im Wohnzimmer lag, »bist du krank?«

»Es geht mir gut, Schatz.«

»Und warum weinst du dann?«

»Ich bin traurig, das ist alles«, beschwichtigte Caroline sie.

»Warum bist du traurig?«, hakte ihre Tochter nach.

»Weil es hier wehtut.« Caroline legte die Hände aufs Herz.

»Es wird doch nicht bluten, oder?«

»Nein.«

Seit zwei Tagen hatte sie nichts von Grady gehört, was sie allerdings auch nicht anders erwartet hatte. Savannah hatte zweimal angerufen, aber Caroline hatte den Anruf weggedrückt und das Handy stumm geschaltet, weil sie nicht einmal in der Lage war, mit ihrer besten Freundin zu sprechen.

»Das wird auch ganz sicher nicht bluten?«, fragte Maggie mit ängstlicher Miene.

»Nein, Maggie. Wie kommst du darauf?«

Sie antwortete nicht, und Caroline rutschte ein Stück zur Seite, um ihr Platz zu machen. Maggie kuschelte sich an sie, und es dauerte eine ganze Weile, bis die Anspannung von ihr abfiel. Schließlich schlief sie ein.

Am liebsten hätte Caroline auch geschlafen, denn wenn sie wach war, sah sie ständig Gradys entsetztes Gesicht vor sich.

Er hatte sie vorwurfsvoll und verächtlich zugleich angesehen. Zum Schluss hatte er nicht einmal mehr ihre Nähe ertragen und war gegangen.

***

Irgendwann musste Caroline doch eingeschlafen sein, denn als sie wieder zu sich kam, schüttelte Maggie sie und hielt ihr das Handy entgegen.

»Savannah ist dran«, sagte sie.

Da ihr nichts anderes übrig blieb, setzte Caroline sich auf und nahm das Telefon entgegen. »Hallo«, meldete sie sich verschlafen.

»Ich bin's, Savannah. Ist alles in Ordnung?«

»Ja, mir geht es gut.«

»Und warum hast du mich dann nicht zurückgerufen?«

»Tut mir leid, aber ich war nicht in der Stimmung.«

Savannah zögerte. »Du meine Güte, was ist bloß mit euch beiden los?«, platzte sie dann heraus. »Du klingst genauso bedrückt wie Grady.«

Dem hatte Caroline nichts hinzuzufügen.

»Ich komme vorbei«, verkündete ihre Freundin.

»Nein, Savannah! Bitte«, flehte sie, doch Savannah hatte schon aufgelegt.

Caroline stand auf und ging ins Bad, wo sie sich das Gesicht wusch und ihr Make-up frisch auftrug. Dann zog sie sich eine Bluse und Jeans an und kämmte ihr Haar. Schließlich wollte sie nicht den Eindruck vermitteln, dass sie sich vor Sehnsucht nach Grady verzehrte – auch wenn genau das zutraf.

Nach nicht einmal einer halben Stunde stürmte Savannah ungehalten ins Haus. Caroline, die gerade einen Krug Eistee gemacht hatte, führte sie auf die hintere Veranda, wo die Sonne schien und Maggie friedlich in ihrer Sandkiste spielte.

»Also, was ist passiert?«, fragte Savannah, kaum dass sie sich gesetzt hatten.

»Heißt das, Grady hat es dir nicht erzählt?«

Savannah verdrehte die Augen. »Er hat bloß gesagt, es würde nur dich und ihn etwas angehen.«

»Das stimmt.«

»Ich halte das nicht aus, Caroline! Er hat dir einen Heiratsantrag gemacht, das weiß ich.«

»Hat er es dir erzählt?«

»Nein, aber ich habe den Diamantring gesehen. Und da du den Ring nicht trägst, hast du seinen Antrag offenbar nicht angenommen. Ich verstehe das nicht. Du liebst Grady.«

Caroline schwieg.

»Du liebst ihn doch, oder?«, hakte ihre Freundin nach.

»Ja.«

»Und warum hast du seinen Antrag dann nicht angenommen? Ich weiß, es geht mich nichts an, aber ich ertrage es nicht, wenn ihr beide so unglücklich seid.«

Caroline blinzelte, um die aufsteigenden Tränen zu unterdrücken, doch Savannah hatte sie bereits bemerkt.

Sie beugte sich vor und legte ihr die Hand auf den Arm. »Bitte sag mir, was los ist, Caroline. Ich möchte euch helfen.«

»Das kannst du nicht. Niemand kann das.«

»Du hast mir geholfen, als Laredo weggegangen ist. Es ging mir damals sehr schlecht, aber du warst für mich da. Und jetzt möchte ich dir helfen.«

Caroline umfasste ihr Glas mit beiden Händen. »Ja, Grady hat mir einen Heiratsantrag gemacht, und ich habe ihn abgelehnt.«

»Warum?«

»Er … Er hat gesagt, er könnte mich jetzt fragen, weil er mit Richard ein für alle Mal fertig wäre und sich nicht länger mit seinen Fehlern auseinandersetzen müsste.« Caroline atmete tief ein und wieder aus. »Ich musste es ihm sagen. Er hatte das Recht, es zu erfahren.«

»Geht es um Maggie?«, fragte Savannah sanft.

Offenbar hatte sie tatsächlich erraten, dass Richard Maggies Vater war. Caroline nickte.

»Aber warum hast du seinen Heiratsantrag nicht angenommen?«

»Ich liebe Grady, aber ich möchte nicht, dass Maggie und ich ihm zur Last fallen, weil er sich wegen Richard für uns verantwortlich fühlt.«

»Ist ihm denn nicht klar, dass Richard dich auch benutzt hat?«

»Ich bin mir nicht sicher«, flüsterte Caroline. »Es war ein großer Schock für ihn.«

Savannah lehnte sich zurück. »Das erklärt natürlich einiges.«

»Grady würde es sicher als Vertrauensbruch betrachten, dass ich mit dir darüber gesprochen habe«, betonte Caroline.

»Darüber brauchst du dir keine Gedanken zu machen«, erklärte Savannah lächelnd. »Mein Bruder redet zurzeit nicht mit mir.«

»Oh Savannah.«

»Keine Sorge, er redet mit niemandem. Wir dürfen nicht einmal deinen Namen erwähnen. Ach, und vor

Kurzem hat er mit Frank Hennessey telefoniert. Denn, wie Grady sagte, unser Bruder, dieser Mistkerl, soll endlich vor Gericht gebracht werden.«

»Dann gibt es also keine Neuigkeiten von Richard?«

»Nein.« Savannah schüttelte den Kopf. »Er ist wie vom Erdboden verschluckt, aber mittlerweile ist es mir auch egal. Richard verdient, was er bekommt – besonders nach dem letzten Fiasko.«

Verständnislos blickte Caroline sie an. »Welches Fiasko?«

Savannah seufzte. »Grady hat es dir wohl nicht erzählt. Richard hat Waren im Wert von achttausend Dollar gekauft und auf unsere Rechnung setzen lassen.«

»Nein …« Caroline wurde übel bei dem Gedanken, dass Richard zu so etwas fähig war. Schließlich wusste er ganz genau, wie lange Grady gebraucht hatte, um sich von den finanziellen Schwierigkeiten zu erholen. Und auch das hatte er ihm damals eingebrockt.

»Er hat alle Rechnungen von seinem Geld bezahlt. Laredo und ich wollten uns die Kosten mit ihm teilen, aber Grady hat unser Angebot abgelehnt, sosehr wir auch auf ihn eingeredet haben. Er meinte, wir bräuchten das Geld, weil wir gerade geheiratet haben. Du weißt ja selbst, wie stur er manchmal ist.«

»Verstehst du es nun?«, meinte Caroline. »Er hat in den letzten Jahren nur gearbeitet, um das auszubügeln, was Richard angerichtet hat. Ich wäre nur eine zusätzliche Belastung für ihn.«

»Das glaubst du tatsächlich, oder?«

»Ja, Savannah, das glaube ich.«

»Dann kennst du meinen Bruder schlecht.« Ihre Freundin lächelte schwach. »Gib ihm Zeit. So schnell lässt Grady sich nicht entmutigen. Er kommt schon wieder zu dir zurück.«

Caroline hätte es gern geglaubt, doch sie wollte sich keine falschen Hoffnungen machen.

»Er liebt dich und Maggie. So schnell wird er nicht lockerlassen.«

Hilflos schüttelte Caroline den Kopf. Sie hatte den gequälten Ausdruck in Gradys Augen gesehen. Für ihn war sie nur ein weiteres Problem, das sein Bruder ihm beschert hatte und das er loswerden musste.

Sie konnte es ihm nicht verdenken.

11. Kapitel

Grady war schon die ganze Woche in so schlechter Stimmung, dass er sich kaum selbst ertragen konnte. Wiley hatte ihm gesagt, er würde lieber verirrte Rinder suchen, als sich mit Gradys Laune herumzuschlagen. Also hatte sein Vorarbeiter es ihm überlassen, die Reparaturarbeiten an den Zäunen allein zu beenden.

Die Arbeit war sehr anstrengend, und obwohl es ihm gelungen war, einige morsche Pfähle auszutauschen, war Grady mit den Gedanken ganz woanders, und zwar bei Caroline.

»Verdammt!«, fluchte er leise und warf die Schaufel hin. Für diesen Tag war er fertig. Ihm standen Schweißperlen auf der Stirn, und er atmete schwer. Eigentlich hätte er glücklich sein müssen. Mit dem bevorstehenden Verkauf der Herde würde er seine finanziellen Probleme los sein, zumal die Rindfleischpreise leicht gestiegen waren. Also warum war er dann nicht glücklich?

Wieso konnte er nur an diese eine Frau und ihren falschen Stolz denken? Was hatte sie gemeint, als sie sagte, dass es nicht gut gehen würde? Warum, zum Teufel, sollte es das nicht?

Er konnte entweder dastehen und in der heißen Septembersonne schmoren oder etwas unternehmen. Allerdings wusste er nicht, was. Er warf seine Geräte auf die Ladefläche des Pick-ups und fuhr dann in halsbrecherischem Tempo zum Haus.

Savannah arbeitete in ihrem Garten, als er auf den Hof rauschte. Sie trug ein ärmelloses Sommerkleid mit einer Schürze und einen breitkrempigen Strohhut. Als sie ihn sah, kam sie zu ihm herüber, einen Korb mit frisch geschnittenen Rosen über dem Arm.

»Grady?«

»Die Frau ist doch idiotisch!« Er stürmte auf die Veranda. Dass seine Schwester ihm ins Haus folgte, überraschte ihn nicht. Vielmehr wäre er enttäuscht gewesen, wenn sie es nicht getan hätte.

Savannah stellte den Korb auf den Küchentisch. »Ich nehme an, du sprichst von Caroline.«

»Gibt es denn jemanden, der noch sturer ist als Caroline Daniels?« Nervös ging er in der Küche auf und ab.

»Mir fällt nur eine Person ein«, erklärte sie lächelnd. »Und das bist du.«

»Ich?« Eigentlich hielt er sich für vernünftig. »Caroline hat mich zurückgewiesen, nicht umgekehrt.«

»Ach ja?« Sie nahm eine Kristallvase, die früher ihrer Mutter gehört hatte, aus dem Schrank und begann geschickt, die Rosen darin zu arrangieren.

»Ich habe Caroline gebeten, mich zu heiraten«, erklärte Grady ungeduldig. Er hatte niemandem erzählen wollen, was passiert war, doch er hielt es nicht länger aus.

»Das habe ich mir gedacht«, bemerkte sie leise.

Ihre zurückhaltende Art, die er normalerweise sehr schätzte, brachte ihn nun vollkommen auf die Palme.

»Was hast du dir gedacht?«, fragte er.

»Zwei Menschen, die beide unglücklich sind. Zwei Menschen, die sich über alles lieben, und keinem von beiden ist richtig bewusst …«

»Sie hat Nein gesagt«, fiel er Savannah ins Wort. »Sie sagte, es würde nicht gut gehen.«

»Tatsächlich?«

Grady schlug mit seinem Stetson auf die Küchentheke. »Wenn du etwas zu sagen hast, Savannah, dann raus mit der Sprache.«

»Na ja, wenn es so ist …« Sie lächelte spröde. »Mir scheint es – und vielleicht irre ich mich ja –, dass Caroline zwar Nein gesagt, es aber nicht so gemeint hat.«

»Und woher soll ich das wissen? Wenn sie Nein gesagt und etwas anderes gemeint hat, hätte sie mir doch sagen können, was sie meint. Schließlich kann ich keine Gedanken lesen.«

»Ich auch nicht«, bestätigte seine Schwester. »Aber was hast du denn für eine Reaktion erwartet?«

»Ein Ja hätte genügt.«

»Und was hätte sie anschließend tun sollen? Hätte sie bis zu eurem Hochzeitstag warten und dann beiläufig erwähnen sollen, dass ihre Tochter deine Nichte ist?«

»Nein. Es spielt keine Rolle, wer Maggies Vater ist. Ich möchte ihr Daddy sein.«

»Genau!« Savannah strahlte übers ganze Gesicht. »Bingo, großer Bruder!«

Die Frau sprach wirklich in Rätseln. »Verdammt, Savannah, was meinst du damit?«

»Das müsste dir eigentlich klar sein.«

Er runzelte die Stirn.

Sie seufzte tief. »Du hast doch gesagt, es würde keine Rolle spielen, wer Maggies Vater ist. Warum?«

»Warum?«

»Ja, warum?«

»Weil ich ihr Vater sein möchte.«

Wieder lächelte sie. »Sehr gut, Grady. Du hast es fast geschafft.« Sie stellte eine langstielige gelbe Rose in die Vase.

»Fast? Ich zerbreche mir seit Tagen den Kopf darüber. Warum musste ich mich ausgerechnet in die sturste Frau in ganz Texas verlieben? Womit habe ich das verdient?«

»Das weiß ich nicht. Aber an deiner Stelle würde ich dem Schicksal für eine so wundervolle Frau wie Caroline jeden Tag danken.«

Starr blickte er sie an.

»Das heißt, *falls* du sie dazu bringen kannst, dich zu heiraten«, fügte sie hinzu.

»Jetzt muss sie den ersten Schritt machen.« Er besaß schließlich auch seinen Stolz, und Caroline hatte ihn einmal zu oft verletzt.

Savannah schüttelte den Kopf. »Falsch.«

»Falsch?«

Wieder seufzte sie. »Grady, du bist kein Mann, der so leicht aufgibt.«

»Ich gebe nicht auf!«

»Du verhältst dich aber so. Entweder liebst du Caroline so sehr, wie ich glaube, oder …«

»Ich liebe sie, und Maggie liebe ich auch. Als Maggie verschwunden war, fühlte ich mich nur noch wie ein halber Mensch. Und als sie zurückgekehrt ist, wäre ich auch fast in Tränen ausgebrochen.«

Sie strahlte ihn an. »Das musst du nicht mir sagen.«

»Ich soll Caroline also noch einmal fragen.« Noch während Grady sprach, schüttelte er den Kopf. »Im Leben nicht.« Seiner Meinung nach war sie jetzt an der Reihe. Wenn sie ihre Meinung ändern wollte, konnte sie es ihn wissen lassen. Er nahm seinen Hut und verließ die Küche durch die Hintertür.

»Wohin gehst du?«, rief seine Schwester.

»Ich werde Caroline die Gelegenheit geben, ihre Meinung zu ändern.«

***

Edwina und Lily Moorhouse waren gerade zum Schalter gegangen, als die Tür der Postfiliale aufflog und Grady Weston hereinkam.

Die beiden älteren Damen drehten sich um, und auch Caroline wandte sich ihm überrascht zu. Er sah ihr in die Augen, und sie wusste sofort, dass er wütend war.

»Caroline …«

Sofort widmete sie ihre Aufmerksamkeit wieder den Moorhouse-Schwestern. »Was kann ich für Sie tun?«, erkundigte sie sich freundlich, ohne Grady zu beachten. Das Herz klopfte ihr bis zum Hals, doch sie wollte sich auf keinen Fall von ihm einschüchtern lassen.

»Du kannst bis in alle Ewigkeit mit den beiden sprechen, aber es wird dir nichts nützen. Irgendwann musst du auch mit mir reden.«

Erstaunt blickte Edwina ihre Schwester an. »Es ist schon wieder Grady Weston.«

»Ich habe doch Augen im Kopf, Schwester.«

»Er scheint gleich die Beherrschung zu verlieren.«

Nun musste Caroline lächeln.

Lily betrachtete ihn. »Ganz ruhig, junger Mann.«

Grady funkelte die Dame an, doch Caroline wusste, dass die pensionierte Lehrerin sich nicht so leicht einschüchtern ließ.

»Hör zu, Grady Weston, ich habe dir in der dritten Klasse die Nase geputzt, also sieh mich nicht so böse an. Du warst schon immer ein sehr eigensinniger Junge.«

Er schwieg. Offensichtlich wollte er sich nicht auf einen Wortwechsel mit den beiden einlassen.

»In gewisser Weise habe ich deine Sturheit sogar ein bisschen bewundert«, fügte Lily nachdenklich hinzu.

Edwina legte einen Zehndollarschein auf den Tresen. »Wir hätten gern ein Briefmarkenheftchen, Caroline.«

»Natürlich.« Caroline reichte ihr die Briefmarken und das Wechselgeld.

»Auf Wiedersehen.«

»Auf Wiedersehen«, erwiderte sie und blickte den beiden Damen hinterher.

»Auf Wiedersehen, junger Mann.« Im Vorbeigehen zwinkerte Edwina Grady zu.

Caroline war sich nicht sicher, was das zu bedeuten hatte. Falls er es bemerkt hatte, so ließ er es sich zumindest nicht anmerken.

Er tippte sich an die Hutkrempe und eilte dann zum Schalter.

»Kann ich dir helfen?« Sie senkte hastig den Blick, damit er den Schmerz in ihren Augen nicht sah.

»Ja, das kannst du.« Seine Stimme hallte im Raum wider. »Ich bin hier, um dich zur Vernunft zu bringen.«

»Hör zu, Grady ...«

»Erst hörst du mir zu. Als wir das letzte Mal miteinander gesprochen haben, habe ich dich gebeten, mich zu heiraten, und du hast mich abgewiesen.«

Caroline bezweifelte, dass er je begreifen würde, wie schwer ihr das gefallen war. Am liebsten hätte sie Ja gesagt. Noch nie zuvor hatte sie sich etwas so sehr gewünscht. Aber sie wollte keinen Mann heiraten, dem sie nur zur Last fiel. Selbst wenn sie ihn noch so sehr liebte, konnte sie es ihm – und sich – nicht antun.

»Ich warne dich«, fügte Grady leise hinzu. »Diesmal werde ich nicht lockerlassen.«

»Grady, bitte ...« Er machte es ihr so unheimlich schwer.

»Tut mir leid, dafür ist es zu spät. Ich möchte nur dich.«

Caroline wandte den Blick ab.

»In den letzten sechs Jahren habe ich Tag und Nacht geschuftet, nur um den Schaden wiedergutzumachen, den Richard uns zugefügt hatte. Er hat mir sechs Jahre meines Lebens genommen, Caroline. Er hat Savannah und mir schon zu viel genommen, und ich werde nicht zulassen, dass er mir noch mehr wegnimmt.«

»Ich … ich verstehe nicht.«

»Wenn du zulässt, dass Richard jetzt zwischen uns steht, wird er dich mir auch wegnehmen. Aber diesmal bin ich nicht der Einzige, den er verletzt. Er verletzt auch dich und Maggie. Willst du das?«

»Nein.« Es klang wenig überzeugend.

»Du hast offenbar immer noch Zweifel.«

»Ich … Es geht nicht nur um mich.«

»Okay, dann lass uns über Maggie reden.«

Langsam sah sie wieder auf. »Was ist mit Maggie?«

»Ich liebe sie wie ein Vater. Ich möchte nicht nur dein Ehemann sein, Caroline. Ich möchte auch Maggies Daddy sein.«

Sie biss sich auf die Lippe.

»Mein Bruder mag sie gezeugt haben, aber ich werde derjenige sein, der sie aufzieht und der sie liebt. Ich werde sie abends ins Bett bringen, bei ihr sitzen, wenn sie Lesen lernt, und ihr zeigen, wie sie Moonbeam reitet. Ich, nicht Richard.«

Sie spürte, dass er es ernst meinte.

»Oh Grady …«

»Ist das alles, was du zu sagen hast?«

»Ich …«

Die Tür schwang auf, und Nell Bishop kam herein, gefolgt von Jeremy und Emma. »Hallo«, grüßte sie und winkte ihnen fröhlich zu, bevor sie zu ihrem Postfach ging.

»Hallo, Mr. Weston.«

»Tag, Jeremy.«

»Wir gehen gleich schwimmen«, verkündete Emma.

Nell sah ihre Post durch. »Kommt, ihr beiden«, sagte sie dann und dirigierte ihre Sprösslinge zur Tür. Dort blieb sie noch einmal stehen und drehte sich zu Grady und Caroline um. »Alles in Ordnung?«

»Ja«, erwiderte Grady schroff.

Caroline nickte.

Nell, deren verstorbener Mann genauso stur und liebenswert gewesen war wie Grady, lächelte. »Wie ich sehe, entwickeln sich die Dinge gut.« Dann verließ sie mit ihren Kindern die Post.

»Was hat sie damit gemeint?«, erkundigte sich Grady.

Caroline zuckte mit den Schultern. »Das musst du sie schon selbst fragen.«

»Und?«

»Und was?«

»Änderst du nun deine Meinung und nimmst meinen Heiratsantrag an oder nicht?«

»Ich …«

»Es wäre dumm von dir, mich zurückzuweisen.«

»Ehrlich, Grady …« Sie seufzte. »Ich möchte dich etwas fragen«, fuhr sie fort, bevor er etwas erwidern konnte. »Liebst du mich?«

»Das weißt du doch.«

»Du hättest es mir ruhig sagen können.«

»Das habe ich doch.«

»Wann?«

»Als ich dir den ersten Heiratsantrag gemacht habe.«

»Oh.« Insgeheim musste sie ihm recht geben. Entscheidend war jedoch, wie sehr er sie liebte. »Ich habe Angst, dass wir dir zur Last fallen könnten.«

»Inwiefern?«

Caroline schluckte. »Immer wenn du Maggie – und mich – ansiehst, wirst du an Richard erinnert werden. Davor habe ich Angst. Wir wären nur ein weiteres Problem, das Richard dir hinterlassen hat.«

»So sehe ich das nicht, Caroline. Ganz im Gegenteil. Zum ersten Mal in seinem Leben hat Richard mir etwas Wunderbares gegeben. Er hat mich verletzt, sicher, aber er hat mir auch ein großes Geschenk gemacht – mit dir und Maggie.«

»Aber ...«

»Die Frage ist, ob du mich liebst«, sagte Grady. »Schließlich bist du diejenige, die sich nicht entscheiden kann.«

»Ich liebe dich so sehr«, flüsterte sie.

Kaum hatte sie die Worte ausgesprochen, streckte er die Arme nach ihr aus. Da sie hinter und er vor dem Schalter stand, war es nicht ganz einfach, sich zu küssen. Doch es spielte keine Rolle.

»Wir werden heiraten«, flüsterte Grady.

»Ja«, erwiderte sie leise. Als er sie daraufhin noch leidenschaftlicher küsste, stöhnte sie auf und legte ihm die Arme um den Hals.

Als wieder jemand die Post betrat, lösten sie sich schnell voneinander, und Caroline blickte verlegen auf.

Lydia Boyd stand im Schalterraum und nickte ihnen zu. »Hallo, Grady. Caroline.«

»Hallo, Lydia.« Zum Glück war Lydia keine Klatschtante. Caroline schauderte bei der Vorstellung, dass Louise oder Tammy Lee sie überrascht hätten.

»Du bist die Erste, die es erfährt.« Grady nahm Carolines Hand und führte sie an seine Lippen. »Caroline und ich werden heiraten.«

Lydia machte große Augen. Sie wirkte zutiefst berührt. »Herzlichen Glückwunsch! Ich freue mich so für euch.« Sie öffnete ihre Handtasche und nahm ein Leinentaschentuch heraus. »Ich … freue … mich so … für euch«, wiederholte sie schniefend und tupfte sich die Augen ab. »Ihr seid ein wundervolles Paar.« Dann drehte sie sich unvermittelt um und ging wieder hinaus.

***

Grady, Caroline und Maggie saßen auf der Verandaschaukel. »Kann ich bald ›Daddy‹ zu dir sagen?«, fragte Maggie und sah Grady strahlend an.

»Natürlich. Wenn du möchtest.«

Sie nickte. »Dann habe ich auch einen Daddy.«

»Ja, Prinzessin.«

»Und Mommy hat einen Mann.«

»Und Grady hat eine Familie.« Zärtlich legte er Caroline den Arm um die Schulter. Er liebte sie über alles.

»Uns.« Maggie warf die Arme in die Höhe. »Wir sind deine Familie.«

»Wie findest du das?«, fragte Caroline ihre Tochter.

Nachdem die Kleine einen Moment darüber nachgedacht hatte, sah sie zu Grady auf und lächelte. »Du machst keine Zaubertricks, aber ich mag dich lieber, weil du Mommy und mich lieb hast.«

Grady küsste sie aufs Haar. »Das stimmt. Und zwar von ganzem Herzen. Ihr beide seid das Beste, was ich habe.«

»Es freut mich, dass du so denkst«, flüsterte Caroline und schmiegte sich glücklich an ihn.